BBN
B●BOY NOVELS

狐の弱みは俺でした

―眷愛隷属《けんあいれいぞく》―

夜光 花

イラスト／笠井あゆみ

この物語はフィクションであり、実際の人物・
団体・事件等とは、一切関係ありません。

CONTENTS

狐の弱みは俺でした

―眷《けん》愛《あい》隷《れい》属《ぞく》―

■1　隣人は善人でした

三月は引っ越しの季節と言われているそうだ。進学や就職、転勤など、四月に新しい生活を始める者が多いせいだろう。

山科慶次《やましなけいじ》が住むマンションにも、三月下旬に入居者がやってきた。

「こんにちは、隣に引っ越してきた根本柊也《ねもとしゅうや》です。一人暮らしをするのが初めてなので、ご迷惑をおかけするかもしれません。ご指導のほう、よろしくお願いします」

朝食を食べ終えた頃にチャイムを鳴らしてきたのは、隣に引っ越してきた青年だった。年齢は二十歳前後という感じで、細い眉に通った鼻筋、さらさらの艶のある黒髪、色白の大人しそうな男性だ。白いシャツに若草色のカーディガンを羽織り、きちんとアイロンのかかったズボンを穿《は》いている。若いわりにしっかりした口調で、ぴしっと伸ばした背筋も目を引く。

「あ、ど、どうも。山科慶次です。ご丁寧に……」

柊也が差し出した紙袋を受け取り、慶次は慌てて頭を下げた。隣にいた住人が引っ越したのも知らなかったので、恐縮しきりだった。

「こちらこそ、うるさくしたらすみません。何かあったら、遠慮なく言って下さい」

慶次が急いで頭を下げると、柊也がホッとしたように口元を弛《ゆる》めた。

「隣人が、いい人そうでよかったです。それに……」

柊也の目が慶次の足下に注がれる。その足下に眷属《けんぞく》であり、慶次の相棒である子狸がいるのに気づいているかのようだ。眷属である子狸は、一般人に姿は視《み》えない。だが、まれに霊能力が強い人間は視ることができる。慶次はドキドキして柊也を窺《うかが》った。柊也は嬉しそうな表情で、子狸に笑いかける。

「信頼できそうな人でよかった。じゃあ、図々しいですが、何かあったら頼ってもいいでしょうか？」

柊也の視線が戻り、慶次に向かってにこっと微笑む。

「は、はい、それはもう！」

内心の動揺を抑えつつ、慶次は頷《うなず》いた。柊也がぺこりとお辞儀して、去っていく。慶次はドアを閉めて、しばらく無言になった。

「……なぁ、子狸。今、あいつに見られてなかった？」

慶次が足下に顔を向けて言うと、短い足で廊下を走り、子狸が振り向く。

『おいら、ばっちり目が合ったみたいですぅ。あの隣人、おいらが視えるみたい？』

子狸が若干《じゃっかん》怯えつつ言う。気のせいじゃなく、柊也という新しい隣人は眷属を視る能力があるようだ。霊能力があるのだろう。一般人にもそういう人がいるのは知っている。

「すごいのが隣に来たなぁー」

慶次はもらった紙袋を開け、今度は別の意味でびっくりして手を止めた。なんと、紙袋の中はブランドもののバスタオルだった。おそらく五千円くらいはする代物《しろもの》で、引っ越しの挨拶《あいさつ》に五百円のお菓子を渡した慶次は身を震わせた。

「こんな高いものっ！　あいつ金持ちなのか？　相場を知らないのか？　このマンションの家賃なら挨拶で配る物の桁《けた》が違うだろ！」

ブランドもののバスタオルを広げて慶次は声を張り上げた。肌触りがよくて、頰に当ててるとうっとりする心地よさだ。

『ご主人たま、ケチってお菓子の詰め合わせでお茶を濁しましたもんねぇ……。祝い事のお金はケチらないほうが金運上昇しますですよぉ』

子狸に真面目な顔で諭《さと》され、慶次は赤くなって当時の自分を反省した。あの頃は初めての一人暮らしというので、あらゆるものを節約していた。

「そういうのは早く言ってくれよ！」

もらったバスタオルの触り心地を堪能して、慶次はやれやれとため息をこぼした。

掃除と洗濯を終えて、ランニングでもしようとトレーニングウェアに着替えて外に出た。ストレッチを終えて和歌山城《わかやまじょう》公園までの道を軽く流す。慶次が住んでいるのは和歌山市で、地元もここだ。実家はもっと奥まった地域にあり、一人暮らしをするに当たって、交通の便がいい和歌山市駅近くで暮らし始めた。最初は慣れない一人暮らしに右往左往したものだが、七ヵ月が過ぎた今、ようやくペースを摑み始めている。

機嫌よく走っていると、信号のところで老婆をおぶっている青年を見かけた。その負い方が危なっかしく、よろよろしているので気になって目を止める。ちょうど信号も赤で、向こうも止まった。止まったのはいいのだが……、明らかに足がぷるぷるしている。

『ご主人たまー。先ほどの人っぽいですよぅ』

子狸が気づいて耳打ちする。回り込んで覗《のぞ》き込むと、さっき挨拶に来た柊也だった。必死の形《ぎょう》相《そう》で老婆をおんぶしている。

「あの、だ、大丈夫か？」

信号が青になったので無視して行こうかとも思ったが、顔を真っ赤にして老婆を背負う柊也が気になり、つい声をかけてしまった。

「あ、き、君は慶次君……っ、だ、大丈夫っ、ぜいはぁ」

柊也はあまり体力がないのか、息切れしている。背中にいる老婆のほうが気にして「もういいって言ってるんだけどねぇ」と困惑気味だ。

「お、おばあちゃん……の足が……、はぁはぁ、ねんざして……っ」

柊也と並んで歩きながら聞くと、どうやらねんざして歩けずにいる老婆のためにおぶって家まで送っている最中だと分かった。老婆の住むアパートはここから五分ほどの距離にあるらしい。

「俺がおぶろうか？」

見かねて慶次が言うと、柊也は「いや、僕が」と数歩進んだが、信号を渡り終えた場所で限界が来たのかへなへなと地面にくずおれてしまった。汗びっしょりだし、足もガクガクしているし、かなり脆弱だ。

「俺がおぶってやるよ、体力には自信があるし」

もともとランニングするつもりで外に出たので、負荷のある運動をすると思えば問題はない。情けない表情ではぁはぁしている柊也に代わり、足をくじいた老婆をおぶった。

「す、すごいね、慶次君……」

老婆は軽かったので、おぶって歩くくらい容易《たやす》いものだった。慶次がすたすたと歩き出すと、柊也が尊敬の眼差《まなざ》しでこちらを見ながらついてくる。五分の距離だったので、アパートまではあっという間だった。アパートには老婆の夫がいたので、事情を話して部屋の中まで上がらせてもらい老婆を下ろした。しきりに礼を言う老夫婦に軽く挨拶して、慶次は外に出た。

「慶次君、本当にありがとう。僕だけだったら、多分辿り着かなかった。君はすごいなぁ。あ、今さらだけど慶次君って呼んでいい？　僕のことは柊也って呼んでほしい」

きらきらした目で感謝され、慶次は面映《おもは》ゆくて頭を掻いた。

「うん、分かった。そんじゃ俺、ランニングするから。またな、柊也」

まだ息を切らしている柊也に手を上げて別れようとすると、とっさに袖を摑まれる。

「あ、あの慶次君！」

真剣な表情で大声を出され、慶次は戸惑って見返した。

「あの……、駅、どっちかな？」

恥ずかしそうに柊也が言う。どうやら老婆を送ってきたのはいいが、この辺りの地理に疎《うと》いのか、帰る道が分からなくなったようだ。

「この道をまっすぐ行けば駅に着くから。大丈夫か？」

何だか危なっかしい匂いを感じ取り、慶次は心配で聞いた。柊也は顔を赤くして、何度も頭を下げた。

「ありがとう、多分大丈夫。ランニングの邪魔してごめんね」

柊也は生まれたての子鹿みたいな足取りで歩き出す。しかも何もないところで、躓《つまず》きかけた。その方向が駅とは逆だったので、急いでこっちだよと軌道修正しておいた。柊也が駅までの道を進むのを確認して、慶次は再び走り出した。

「何か、すげぇいい奴なのか？　あいつ」

慶次はおかしくなって笑いながら子狸に聞いた。子狸がひょいと出てきて『ドジっ子現るですぅ。ぷぷ』とせせら笑う。邪悪な笑い方が気になったが、慶次は軽快な足取りでランニングを続けた。一時間ほど走り続け、すっきりした気分で部屋に帰った。

部屋に戻ると、まるで見越したようにスマホが鳴った。急いで確認すると、そこに愛する人の名前を見つける。

「有生《ゆうせい》から連絡が来てる」

慶次は無意識のうちに微笑んで、スマホを確認した。週末会いに行くと伝えてあるので、駅まで迎えに来てくれるという内容だった。週末が楽しみで仕方なくなり、ニヤニヤしつつ返信を送る。

『ご主人たま、目の中にハートマークが浮かんでいるでありますぅ』

返信をしている慶次の横で、子狸が同じくらいニヤニヤして尻尾で慶次の頬を突《つつ》いてくる。

『遠距離恋愛中ですが、ご主人たまと有生たまの間には距離は関係ないでありますね。うぷぷ。最近のご主人たまは愛に身を任せ、会えない時間が愛育ててるぅな感じですぅ』

子狸にからかわれ、慶次は必死で弛む頬を引きしめた。


慶次は討魔師という特殊な仕事を生業としている。

慶次の親族には、昔から妖魔や悪霊を退治する討魔師という仕事が受け継がれていた。十八歳以上の年齢になった者だけが参加できる夏至に行われる試験に受かると、その仕事に就ける栄誉を賜《たまわ》れるのだ。

慶次は小さい頃から討魔師という仕事に憧《あこが》れていた。討魔師になるための試験は生涯、三回のみ参加が許されるもので、討魔師になれると給与も出るしあらゆる面で優遇を受けられる。慶次は十八歳になった夏至の夜、ぎりぎりのところで試験に受かった。試験に受かると、一族の重鎮《じゅうちん》である巫女様から眷属を憑《つ》けてもらえる。

慶次は試験に受かったものの、力不足だったのか、他の理由があったか定かではないが、憑けられた眷属が半人前の子狸だった。最初は嫌だったが、子狸と一緒に仕事をこなすうちに強い絆が生まれ、今やなくてはならないパートナーになった。先日は眷属が離れるという憂《う》き目に遭い、一時は討魔師でいられなくなると思った。けれど子狸は一人前の眷属になって戻ってきてくれた。大狸になった眷属は真名《まな》を千枚通《せんまいどお》しと改め、慶次と共に討魔師の仕事を請け負うと約束してくれた。大狸だと緊張するので、ふだんは子狸の姿になってもらっている。

慶次には同性の恋人がいる。弐式《にしき》有生という本家の次男坊だ。見た目は眉目秀麗で高身長、高収入、十人中十人がイケメンと断言する外見だけは素晴らしい二十五歳の青年だ。その中身は妖魔も裸足で逃げ出すほど自己中心的で、気に入らない者への容赦のない態度は目を覆うほどといえる。性格に問題がある上に、有生は立っているだけで周囲の人を不安や恐ろしい気持ちにさせる負のオーラをまき散らす。それに反して討魔師としての能力は抜群に高いので、一族の中でも特異なポジションにいる。

昔から有生は慶次に対してからかってきたり、馬鹿にしたりとさんざんな態度を取ってきた。無論慶次は有生のことが大嫌いで、会うたびに喧嘩になっていた。何が気に入られたのか分からないが、他の人と違って有生に対して臆さないでいたところ、有生と身体の関係を持つようになり、今では子狸が砂を吐くほどラブラブな関係になった。

お互いに愛を認識して、慶次は有生といつも一緒にいたいと考えるようになった。

何しろ慶次の住むマンションは和歌山県にあり、有生の住む家は高知の山の中だ。会うのに時間がかかるのだ。すぐ会いたいと願っても、物理的な距離が立ちはだかる。

一緒に暮らしたいと以前から有生には言われていたが、慶次は踏ん切りがつかなかった。家族の問題や自立したいという自分の矜持《きょうじ》もある。だが、何度も身体を重ねていくうちに、慶次も有生と一緒に暮らしたいと思うようになった。

思ったのはいいのだが……。実際問題、一向にその話は進んでいない。

「慶ちゃん、こっち」

四月十日に高知にある有生の家の最寄り駅に降り立った慶次は、車で迎えに来てくれた有生に手を振られ、手を振り返した。最寄りと言っても、駅から有生の家まで車で二時間近くかかる。すでに時計は夕方六時を示していて、バスも本数は多くない。有生が迎えに来てくれて助かった。

「会いたかった、慶ちゃん。髪、やっと切ったの？　うなじが見えて可愛い」

ロータリーで待っていた有生は、慶次をぎゅっと抱きしめて、耳朶《じだ》に鼻先を押しつける。百六十センチで身長が止まってしまった慶次は、高身長の有生に抱きしめられるとすっぽりと腕の中に収まってしまう。ここ半年くらい節約のために散髪していなかったのだが、久しぶりに会うので髪を切りに行ったのだ。次にいつ行けるか分からないので、少し刈り上げた。

「う、うん、俺も。って、チューは駄目だ！　人目がありすぎるだろ！」

慶次の耳裏の匂いを嗅《か》いで、頰に唇を押しつけてきた有生に、慶次は急いで言った。駅の周囲には仕事帰りの人々や学校帰りの学生がけっこういて、男同士で抱き合っていると奇異の目で見られる。有生の胸を押し返し、慶次は車のドアに手をかけた。

「迎えに来てくれて、ありがとな。今日、仕事なかったのか？」

以前は有生と相棒を組んでいたので、仕事が入っているかどうかはすぐに分かったが、今はお互い違う人と組んでいる。有生が最近一緒に仕事をしているのは、櫻木《さくらぎ》瓔子《えいこ》という慶次より一つ下の従姉妹《いとこ》だ。有生はその性格の悪さからか、ベテラン組が相棒になるのを全員拒否したので、仕方なく若手と組まされている。しかも順番に組んでいった若手が次々助けてくれと巫女様に直訴したので、中でも問題が比較的少なかった瓔子と今は続いている状態だ。

ちなみに慶次が組んでいるのは如月《きさらぎ》真《まこと》というベテランで、龍の眷属を憑けた頼りになる三十代の男性だ。

「今日は遠隔でどうにかできる内容だったから」

運転席に座り、車を発進させながら有生がさらりと言う。能力が上がると、その場へ行かなくても遠隔である程度のことができるようになるらしい。慶次はまだその域には達していない。

「ねぇ、それよりも慶ちゃん。早く同棲しようよ。そうしたら二時間もかけて迎えとかしなくていいんだけど」

制限速度ぎりぎりで有生が車を走らせ、不満げにこぼす。

「うう……。それはもう何度も話し合っただろ！　折り合いがつくまで嫌だっ」

慶次は横を向き、拳《こぶし》を握りしめた。ひょいっと子狸が出てきて、したり顔で頷く。

『愛だけではままなりませぬのぅ。これが現実を生きるってことですぅ。有生たま、僭越《せんえつ》ながらおいらが助言しますところぉ』

子狸が有生のほうに近づいて、尻尾を揺らしつつしゃべり出す。

「うぜぇ。どっか行ってろ」

有生は容赦なく空いた手で子狸の頭をむんずと摑み、バックシートに放り投げる。ぴゃっと子狸が声を上げ、後ろの席にバウンドした。

「おい、子狸に当たるなよ」

焦って慶次が後ろを振り向くと、子狸がひっくり返ったまましゅんとしている。

『おいらはただアドバイスしたかっただけなのに……』

どんよりしている子狸を憐《あわ》れに思ったが、イラッとした有生の気持ちも若干分かってしまい、慶次はちらりと横を見た。

――そうなのだ。互いの愛が深まり、有生と一緒に暮らすという方向で話を進めようとしたのだが、事はそう簡単に運ばなかった。

まず、どこで暮らすかということ。

現在慶次が住んでいるのは和歌山で、有生が住んでいるのは高知だ。有生は東京の赤坂《あかさか》にマンションを持っているので、そこで暮らすのでもいいと言っている。場所に関しては慶次に制約があった。一人暮らしをするに当たって、親から遠くへ行かないでくれと懇願されているのだ。

次に家賃の問題。

有生は高知に住むのでも、赤坂に住むのでも、家賃はいらないと言っている。けれどそれでは慶次はただの居候《いそうろう》状態、もしくはヒモ状態に思えてならない。慶次の理想の同居は、二人で家賃や光熱費を折半《せっぱん》するものだ。ところがここで問題が起きる。

有生と慶次の収入に、あまりにも差があったことだ。

能力の差があるとはいえ、同じ討魔師なのだし、そこまで収入に開きがあるとは思っていなかった。だから、有生に年収を聞いて、目玉が飛び出た。

「お前が金持ちすぎるのが問題だろ。何でそんな稼げんの？　俺なんか毎日節約してるくらいなのにさ」

納得いかなくて慶次は首をかしげた。何しろ有生の年収は慶次の十倍くらいあったのだ。東京の赤坂にタワーマンションを持っているのは知っていたが、ローンを組んだとか、使わない間は人に貸して収入を得ているとか、そういう話だと思っていた。ところがあんな高そうな物件を、有生はキャッシュで買ったという。

「資産運用してるに決まってるじゃない。無駄金放置しても意味ないでしょ。お金は循環させなきゃ駄目なの、貯めるだけじゃ増えない」

あっさりと有生に言われ、慶次は意識の違いに震え上がった。資産運用とは株取引とか、そういうものだろうか？

「っつうか、俺に憑いてるの狐だよ？　金に関しては、エキスパートだし」

有生は平然と言って、アクセルを踏む。駅近くの大通りを抜け、車が減ったのを見計らい、びゅんびゅん飛ばし始める。慶次も免許は持っているが、一般道でこんなにスピードを出して走れない。

「慶ちゃんも子狸ちゃんに助言してもらって金、増やせば？　狸が得意かどうか知らないけど」

有生は適当な発言をしている。思わず振り向くと、子狸がぽっと頬を赤くする。

『おいらの得意技は良縁とか開運とか、出世運ですぅ。お金ならお狐様に頼るのが一番ですぅ』

慶次の期待に満ちた眼差しを受け止め切れなかったのか、子狸が申し訳なさそうに言う。

「あー。まぁ、慶ちゃんって金持ちの相じゃないもんね」

有生はけらけら笑っている。ショックを受けて慶次はついバックミラーで自分の顔を確認した。金持ちの相がどのようなものか分からないが、確かに有生よりは金運がなさそうな気がする。

「っていうか、節約とか言ってる間は金は入ってこないよ。慶ちゃん、欲しいものがあっても我慢してるんでしょ。この前、一緒にスーパー行った時も、やっすい魚選んでたもんね」

思い出したように有生が言い出し、慶次はどきりとした。確かにセール品の値が下がった刺身を購入した。

「そ、それが悪いのか？　味に違いはないだろ？」

まさか有生にそんな指摘をされるとは思わなくて、慶次は身構えた。料理が苦手な慶次は、なるべく料理しないでも美味しい食材を選んだつもりだった。刺身なら皿に並べれば問題なく一品として数えられると思っていた。

「味とかの問題じゃないよ。我慢した時点で、運気が下がる。我慢って負の感情でしょ。人間って意識でできてるんだよ。負の感情抱えてたら、そういう運しか巡ってこない」

有生に思いがけない話をされ、慶次は固まった。我慢したらよくないなんて、初めて聞いた。むしろ我慢したほうがいつか花開くと信じていた。

「そ、そんな！　嘘だろ、子狸、本当か？」

有生に騙《だま》されているのではないかと疑い、慶次は後ろに問いかけた。子狸がのそのそとやってきて、慶次の膝にちょこんと収まる。

『ご主人たまー。有生たまの言う通りなのですぅ。我慢はあんまりよくないですぅ。そもそもセール品を買うこと自体、あんまりよくないのですぅ』

「どーしてだよっ。食品ロス削減に貢献してるだろっ」

納得いかなくて慶次は子狸を抱き上げて、こちらを向かせた。

『エコ的な意識でそれを選ぶなら問題ないですけど、ご主人たまの場合、安いほうが家計が助かるという観点で選んでますです。つまりそれは、自分さえよければいいという利己的な発想に基づくものなのであります。その食材を卸《おろ》している人の気持ちや、店の人の気持ちは無視しているのであります。値段が安いということは、誰かが補塡《ほてん》しているだけなのでありますよ』

子狸にきっぱり言われ、慶次はショックを受けて子狸を手から落っことした。子狸は慶次の膝に着地し、心配そうに慶次を覗き込む。

「し、知らなかった……。俺はいつも利己的な気持ちで食材を選んでいたのか……？」

たかが買い物にそこまで意識が回っておらず、慶次は重苦しい気分になった。似たようなものが並んでいたら、安いものを選ぶのは当たり前だと思っていた。母と買い物に行く際は、なるべく安いものを求めてスーパーを梯子《はしご》したほどだ。仕入れたものを正価で売りたい店の人の気持ちや、店に食材を卸す人の気持ちなど、確かに考えたことはない。

ふつうに——いや、むしろ善人として生きていると思っていた慶次は、突然自分が丸裸にされた気分になった。

「第一、お金がなくて安いの選んでるなら仕方ないけど、討魔師の給料そんな安くないじゃん。慶ちゃんのは将来が不安とか、自分には安い食材が似合ってるとかそういうことでしょ」

追い討ちをかけるように有生に言われ、慶次はドキドキした。有生の指摘がまさにその通りだったからだ。

「恥ずかしい！　俺、めっちゃ恥ずかしいじゃん！」

急に居たたまれない気持ちになって、慶次は頭を抱えた。金に糸目をつけずに買い物をする有生を、なってないなと心の中で思っていた自分を抹殺したい。

「何で、そんなとこで恥ずかしがってんの？　慶ちゃんって意味不明」

有生には慶次の羞恥心が理解不能らしく、首をひねっている。

「人間的に問題のあるお前に指摘されて、余計に恥ずかしいんだよ！」

慶次が身をくねらせて言うと、有生が「俺のどこに問題が？」と困惑する。

「うう……。子狸、もっと早く教えてくれよぉ」

赤くなった顔を手で覆い、慶次は子狸に文句を言った。子狸はぽりぽりとお腹を掻く。

『聞かれたら教えますけど、おいらが逐一《ちくいち》言うのは違うのですぅ。おいら、ご主人たまのママじゃないですし。ご主人たまはまだ若いし、ゆっくり成長すればいいと思いますぅ。二十歳の若造なんて、そんなものですよぉ』

子狸に見当違いの慰めをされ、ますます恥ずかしくなった。討魔師として清廉潔白《せいれんけっぱく》でいたい慶次からすると、逆にあれこれ鍛《きた》えてほしいくらいだ。

「だからさぁ、慶ちゃんが俺の家に来ればいいだけじゃん。慶ちゃんが稼ぐの待ってたら、老人になる。そもそも俺、家が二つあるのに新たにまた借りろと？」

不満げに有生に言われ、自分の収入が有生に追いつくのは老後なのかと愕然とした。

「居候とかヒモ状態じゃ嫌だって言ってんだろ。お前の家で暮らすなら、せめて家賃くらいは受け取ってくれないと。っつーかさ、その前に大きな問題があるだろ」

慶次は気を取り直して、横を向いた。そう——一番大事な問題が。

「俺の家族を説得しないと」

二人で暮らすに当たって、一番の問題は、慶次の家族だ。慶次の家族は皆、有生を恐れている。傍《そば》にいると蛇に睨《にら》まれた蛙のごとく、蒼白になって固まってしまう。有生とつき合っていることは渋々黙認されたものの、同居となったら許してくれないだろう。

「はぁ？　慶ちゃん、もういい大人でしょ。何で親の許しを得なきゃいけないわけ？」

有生はとたんに不機嫌になって、ぶつぶつ文句を言い出す。以前から慶次の家族に対して冷たかったが、引っ越しの際に会って以後、その仲は良好とは言えない。正月に本家に挨拶に来た両親と出くわした時も、父と母は有生を見るなりぴゅーっと逃げ出した。

「そう言うなよ。家族の気持ちを無視してまで一緒に暮らすのは何か違うだろ」

慶次が申し訳なく思って言うと、有生がこれ見よがしにため息をこぼす。

「お前が歩み寄ろうとしてくれてるのは分かってるよ。ありがとな」

両親と有生との間の件については、自分の両親にも問題があるのは分かっている。ふだんは人を人とも思わない有生が、慶次の両親に対しては挨拶くらいはしようとするのだが、父も母も顔を見るなり逃げ出してしまうのだ。まさに天敵に遭った草食動物のようだ。最近では有生の気配みたいなものまで気づくようになり、なかなかその距離は縮まらない。

「……ホントに分かってる？　イライラしても俺、慶ちゃんの親に精神攻撃してないんだよ？もっと褒めてくれてもよくね？」

有生にちらりとねだるように見られて、慶次は苦笑した。ふつうの人はイライラしても攻撃しないと言いたかったが、ここで有生の機嫌を損ねるほど愚かではない。

「分かってるって。そういうところ、いいと思うぞ。有生、すごいな！　愛を感じるぞ！」

大げさなほど褒め称えると、まんざらでもなかったのか有生の表情が弛んだ。

「じゃ、今夜は俺のしたいようにしていいよね？　久しぶりだし、いっぱいしようね」

にやーっと有生に笑われ、慶次は頬を引き攣《つ》らせた。昨日は夜遅くまでドラマを観ていて寝不足気味とは言い出せない雰囲気だ。

「あ、それはそうと、巫女様が慶ちゃんも呼べって言ってたよ。明日、花見の宴《うたげ》をやるから」

ふと思い出したように言われ、慶次はきょとんとした。

「花見の宴って何だ？」

慶次が首をかしげると、有生が苦笑する。

「ああ、慶ちゃんは参加したことなかったっけ。毎年花見の時期に、選抜された討魔師が西軍東軍に分かれて勝負すんの。新人は基本参加しないんだけど、慶ちゃんは節分祭で一応生き残ったでしょ。参加資格はあるんだよね」

慶次は話を聞き、わくわくして胸を躍らせた。知らなかった。花見の時期にそんな催《もよお》しをやっていたのか。

「面白そう。何人でやんの？　お前も参加した？」

「大将二人決めて、大将がそれぞれ四名ずつ選抜していく。俺は選ばれたことないな。誰も俺を指名しない」

あっさりと言われ、ついぷっと噴き出してしまった。するとそれが気に食わなかったのか、有生がじろりと睨んでくる。

「や、ごめん。ついおかしくて。お前、強いけど、自分の兵にはしたくないよな！　皆の気持ち分かるぜ！」

有生みたいな厄介な味方がいたら、何をするか分からない。最悪、足を引っ張られる覚悟もしなければならないだろう。慶次がおかしくて笑い出すと、膝にいた子狸が真っ青になって慶次の口に手を突っ込んだ。

『ご主人たま！　有生たまの怒りを引き出すのやめてぇ！』

慶次がこれ以上笑えないよう、舌を摑まれた。慶次がもがもがと焦っていると、有生がふうと吐息をこぼす。

「でも今年は選ばれるかも。兄さんが大将になるって噂あるし。俺を選んでくる可能性はある。まぁ、めんどくせーけど、兄さんの指名ならやらなきゃいけないかもね。慶ちゃんがそんなに俺を味方にするのが不安だって言うなら、喜んでそれに応《こた》えなきゃいけないね？　うんうん、耀司《ようじ》兄さんの足を引っ張りまくろうかな。慶ちゃんの命令なら、従うよ。裏切りもありだよね？」

気味の悪い笑みを浮かべて有生が言い、慶次は自分の失言に青ざめた。自分のせいで、耀司に迷惑がかかるかもしれない。これはとんだ不始末だ。

「い、今の嘘だから！　お前みたいな傭兵がいたら、優勝間違いなし！　だから絶対耀司さんの役に立ってくれ！　間違っても、引っかき回すなよ！」

慶次は手を組んで必死に頼み込んだ。それに対する有生の答えは気持ち悪いくらいの笑顔だった。慶次は自分が地雷を踏んだのを知り、肝を冷やした。

それにしても討魔師になると季節ごとにいろいろ行事があるのだと改めて知った。眷属は行事を大事にすると聞くので、花見もその一環かもしれない。

楽しそうな催しものを見られると慶次はこの時までは、呑気《のんき》に喜んでいた。

弐式家の敷地の境にある鳥居《とりい》を潜《くぐ》ると、一気に空気が変わる。

慶次は空に烏天狗《からすてんぐ》が飛んでいるのを見やり、神聖な空気を満喫した。桜の花が七分咲きで、裏山のほうはピンク色に染まっているのが見えた。弐式家の敷地は広く、裏手にある山も含めればかなりの広さになる。弐式家は代々眷属と取り決めをしている一族で、本家に関しては烏天狗が結界を張り、悪いものが入れないようにしている。慶次の相棒である子狸も、弐式家に来ると清浄な気に包まれて心地いいという。

駐車場に車を駐めると、今日は多くの車が駐まっていた。明日行われる花見の宴のために呼ばれた討魔師たちだろう。県外のナンバーも多く、中には慶次と仕事で組んでいる如月の乗る車もあった。有生に聞くと、今夜宴会で大将と兵役を決めるのだそうだ。

「おお、慶次も来たか」

本家の母屋《おもや》に顔を見せると、奥から巫女様が現れて目尻のしわを深くした。巫女様は御年《おんとし》八十二の弐式家のご意見番だ。今日は絣《かすり》の着物を着ていて、真っ白な髪を結《ゆ》い上げている。この年齢でありながら背中はまっすぐと伸び、矍鑠《かくしゃく》とした老人だ。

「すでに夕餉《ゆうげ》が振る舞われておる。もう皆、集まっておるぞ」

巫女様はそう言って、忙しそうに廊下の奥へ歩いていった。母屋の玄関にも、客の声が聞こえてくる。有生と一緒に母屋に上がり、廊下を進んだ。途中で有生の義母である由奈《ゆな》と出くわす。

「まぁ、慶次君。いらっしゃい」

由奈は慶次にだけ笑顔を見せて挨拶する。一年半くらい前に当主である丞一《しょういち》と再婚した女性で、まだ二十代半ばという若さだ。今日は薄紫色の着物を着て、お盆に皿やコップを載せて配膳に勤《いそ》しんでいる。由奈は以前、有生につきまとって問題行動を起こしたことがあるが、その後、心を入れ替え、丞一の妻として務めている。娘も生まれ、今はよき妻として尽くしているらしいが、浄化された後はあれほど執着していた有生を煙たがるようになった。

「お邪魔してます」

慶次は愛想笑いを浮かべ、由奈とすれ違った。奥の座敷ではふすまを取り払い、広い和室に長テーブルを置き、宴会が始まっていた。

「おお、慶次君。いらっしゃい。有生も戻ったか」

上座に座っていたのは当主である丞一だ。有生の父親で、彫りの深い顔立ちに柔和《にゅうわ》な笑みを浮かべた中年男性で、和服姿でお猪口《ちょこ》を傾けている。長テーブルには合計十七名の男女が座っていた。全員討魔師で、有生の兄である耀司や、慶次の伯母である律子《りつこ》、親戚筋の如月や弐式和典《かずのり》などベテラン勢が集まっている。すでに宴会が始まっていたせいか、和典は飲みすぎて顔を赤くしている。

「さぁ、どんどん食べて」

丞一に促され、慶次は有生と端の席に座った。すぐに使用人の薫《かおる》がやってきて、慶次たちの前に箸と取り皿を置いていく。卓上には魚料理を中心とした豪勢な料理がたくさん並んでいた。

「おっ、慶次に有生。久しぶり」

慶次たちが料理を取り分けていると、中ほどの席から律子が上機嫌で移動してきて声をかけてきた。律子は父の姉で、金髪にふくよかな体型の中年女性だ。有生が子どもの頃、面倒を見ていた経緯もあって、親しげに有生に話しかける数少ない人物のうちの一人だ。

「律子伯母さん、また太ったんじゃない？　年取ると代謝が悪くなるんだから、がばがば酒飲んでいる場合じゃないと思うけど」

横に座っていた有生が、辛辣《しんらつ》な言葉を律子にぶつける。慶次は「ひえぇ」と身を竦《すく》めた。女性に年齢と体重の話は禁句だと昔、律子に教わったのだ。

「ははは、有生ってば、ちょっと浮かれてるのかな？　その生意気な口、ちゃんと躾《しつ》けなきゃ駄目だね」

律子は満面の笑みで有生の頰をぎゅーっと引っ張る。有生が嫌そうに手を払っているのを見て、有生が律子に心を許しているのを再確認した。有生がこういう行為を受け入れるのは、ごくわずかな人に限られているのだ。

「そういや慶次。今年の節分祭は、どうだったのさ」

日本酒をグラスに注いで、律子は思い出したように言った。

節分祭と言われ、慶次は沈痛な面持ちでうなだれた。二月三日には本家で節分祭が行われる。討魔師になって三年目までの若手が、鬼役で参加する行事だ。去年の節分祭には、見事最後まで生き残るという偉業を成し遂げた慶次だが、今年はがんばったものの開始三十分でベテラン勢に豆を当てられた。

「三十分で撃沈だよ……。おかげで一日分の食料のみを与えられ、山で一週間過ごすという試練を言い渡された」

慶次は遠い目をして呟《つぶや》いた。節分祭は制限時間内に豆を当てられるとペナルティが課される。三十分でドロップアウトした慶次は、一日分の食料を持って一週間、山奥にこもった。最後のほうは草を食べて生き延びるというサバイバル訓練さながらの状況になった。とはいえ、子狸がついていたので、川のある場所や、食べられる草や実など教えてもらえたから、そこまで過酷な試練ではなかった。

「慶ちゃんの実力なんて、そんなもんでしょ。俺の時は、まぐれだったんだね」

ニヤニヤして有生に言われ、慶次はかちんときて有生の前に置かれた刺身を全部かっさらった。去年は負けたら性奴隷になるという約束もあったし、由奈のためにがんばるという切羽詰《せっぱつ》まった状況だった。そのために根回しをたくさんしたのだ。けれど今年は有生も出てこなかったし、賄《わい》賂《ろ》は禁止と言い渡されたので根回しができなかった。

「今年は結局誰も生き残れなかったもんなぁ」

節分祭を思い返して慶次はがっかりした。嬰子はかなりいいところまでいったのだが、終了五分前にあえなく撃たれた。同期の花咲美嘉《はなさきみか》も慶次と同じ時間で撃沈し、弐式竜一《りゅういち》に至っては十五分くらいですぐ終わった。

「そういや、勝利君《かつとし》が……」

節分祭で対面した弐式勝利について思い出し、慶次は言葉を濁した。今年の節分祭に出た新人討魔師は四名だったのだが、去年討魔師になった勝利が謎の人物だった。和典の次男で、今年二十四歳の青年なのだが、顔合わせした際も一切しゃべらなかったのだ。話しかけても消え入りそうな声で「はぁ」とか「いや……」くらいしか言わないし、打ち解けようとする様子がまったくなかった。親戚筋なのだしもう少し歩み寄ってもいいのではないかと思うが、ほとんど会話がないまま終わった。

「律子さんと組んでいるんだよね？　ぜんぜんしゃべってくれなかったんだけど、俺もしかして嫌われてる？」

慶次は身を乗り出して律子に尋《たず》ねた。

「ははは、それはないよ。あの子、シャイだからさ。誰とも会話しないの。もう少し人間らしくなるといいんだけどねぇ。実力はあるんだよ。和典が強引に試験受けさせたくらいだし」

律子が肩を竦めて言う。弐式和典は当主である丞一の弟だ。和典の息子の勝利は、去年の夏至に初めて討魔師の試験を受けたそうで、十八歳になるやいなや試験に挑んだ慶次とは大きくモチベーションが違う。

「和典さんにぜんぜん似てないのが不思議なんだけど。あんな明るい父親がいたら、もっと社交的な子になりそうじゃない？」

和典の性質は明るく、面倒見もよい。耀司の師匠として小さい頃から世話をしていて、二人の間に信頼関係があるのは見て取れる。甥っ子にとっていい教師だった和典なのに、自分の息子となると違うのだろうか。

「勝利はちょっと難しい子なのさ。実はずっと家に引きこもっていてね。外に出るようになっただけでも御《おん》の字って感じ。気長に相手してくれると助かるよ」

律子が桜エビのかき揚げを箸《はし》で取り、こっそりと明かす。コミュニケーション不足というのは見れば分かっていたが、引きこもりだったとは知らなかった。

「あ、有生は話しかけなくていいからね。あんたがちょっかい出したら、ストレスで死んじゃうから」

横で聞いていた有生に気づき、律子がハッとしてつけ加える。

「それフリ？　引きこもり君にストレス与えろってこと？」

律子の言葉を曲解して、有生が、にやーっとして聞く。

「やめてぇ。ホントに繊細な子なんだから！　頼むから！」

律子と有生は笑いながら話している。勝利に関しては気遣おうと心に決めた。慶次は引きこもる心情は分からないが、霊能力が強い人間は外では暮らしにくいというのは理解している。

「――さて、そろそろ今年の花見の宴の大将を選ぼうじゃないか」

酒もだいぶ進んだところで、丞一が立ち上がって手を叩いて言った。テーブルを囲んでいた討魔師たちがいっせいに丞一を見やり、居住まいを正す。丞一の傍に、眼鏡をかけたスーツ姿の中《なか》川《がわ》がやってきた。中川は弐式家の目付役と言われている。討魔師に関する事務作業を一手に引き受けていて、慶次も引っ越しの際には世話になった。

中川は箱を持って丞一の前に進んだ。巫女様もやってきて、丞一の隣に正座する。

「天気がよいので、明日には桜も満開だろう。これからクジによって大将を二人選ぶ。まずは東軍から」

丞一が機嫌のいい顔で箱に手を差し入れる。すっと取り出した紙を巫女様に手渡す。

「東軍の大将は、弐式耀司。これに決定する」

巫女様が厳《おごそ》かに告げ、わっとテーブルを囲んだ討魔師が盛り上がった。噂通り耀司が大将になるようだ。それにしてもクジで決めるのに、どうして皆の予想が当たっているのだろう？

「次に西軍の大将を決める」

丞一は再び箱に手を入れた。その手に摑んだ紙を取り出した時、丞一の目が驚いたように見開かれた。だが丞一は何も言わずに巫女様に紙を手渡す。

「西軍の大将は……」

巫女様が言葉の途中で何故かこちらをちらりと見る。

「弐式有生。これに決定する」

有生の名前が読み上げられ、場が異様な雰囲気になった。まさかの兄弟対決――慶次は「おお

おお」と思わず声を上げてしまった。当の有生は飲んでいた酒を吹き出しそうになり、慌てて口元を腕で覆う。

「は？　何で俺？」

珍しく有生が驚いた様子だ。寝耳に水といった体《てい》で、巫女様と丞一を振り返る。自分が選ばれる予想はしていなかったらしい。

「おいおい、兄弟対決かよ！　すっごい面白そうじゃないか！」

和典が手を叩いて歓声を上げる。

「何と、このような……。初めてのことだな」

「耀司と有生か……っ。これは選ぶ兵次第でどう転ぶか」

「あの有生に大将なんて任せて大丈夫か？」

ベテラン勢が騒がしく話し始める。面白い、とやる気を見せる派と、有生が大将になって自分を選んだら嫌だと消極的になる面々、そして今年は賭けが盛り上がると興奮する一派があり三者三様の表情だ。ベテラン勢はあまり有生を好いていないので、「俺を絶対に選ぶなよ」と有生に言ってくる者までいた。

「大将はこの通り。一時間後に、兵選びの儀式に移る」

丞一は全員に聞こえるように告げた。大将は一時間の間にどの討魔師を選ぶか決めるようだ。早速耀司の周りには参加したい討魔師たちが集まっている。有生の傍には誰も寄ってこない。律子が残っているだけだ。これが自分だったら居たたまれないと思うところだが、有生は他人の評価など微塵《みじん》も気にしていないので、イカリングを頑張っている。

「はー？　マジでめんどくせぇ。何で俺が？　大将になっても賞金もねぇし」

有生は心底嫌そうに身震いしている。

「優勝した大将は、相手の大将に一つだけ願いを聞いてもらえるんだよ」

律子がまだルールを知らない慶次に、そっと教えてくれる。耀司に願い事を聞いてもらえるなんて素晴らしいと思うが、有生は興味ないようだった。

「そんな嫌がるなよ！　すごいじゃん！　大将なんて、お前！　うーっ、すっごく羨《うらや》ましいぞっ。俺もやってみたい」

慶次はひたすら有生が羨ましくて、キラキラした目で有生を見つめた。大将なんて、一度はなってみたい憧れの立場ではないか。有生が嫌がっている意味が分からない。

「キモ。本当に慶ちゃんは骨の髄までキモいね。あー、慶ちゃん。すっごい興味あるようだし、俺の兵に選んであげる」

有生がにこやかに言う。

「ホントかっ!!　俺も出られる!?」

興奮して慶次が腰を浮かすと、有生が乾いた笑みを浮かべる。

「ベテラン勢だと俺の指示聞かない可能性もあるしね。はぁ、兵を選ぶのめんどくせ。律子さん、選んでいい？」

味方に裏切られるとは由々しき事態だが、本当にそんなことがあるのだろうか？　律子は有生に聞かれ「そうだね、痩せなきゃいけないし参加しようかな」と凄味のある笑顔で頷く。

「ちなみに体重に関してまた言ったら、全力でやらないからね。耀司に加勢しちゃうよ」

律子に、にたりと脅され、有生がさすがに手で顔を覆った。

「分かった、分かりましたって。あー律子さんはいつまでもお綺麗で、柔らかそうな身体の持ち主で、すげーなー。律子さんの身体で飯三杯いけるわ。ふくふくしいー」

有生の心のこもっていないお世辞に、律子が頬を引き攣らせる。

「あんた舐めてんの？」

律子にげんこつを喰らい、有生が痛そうに頭をさする。

「兵って四人だっけ？　あと誰にするんだ？」

慶次はわくわくが抑え切れなくて、有生に顔を近づけて聞いた。残り二名を誰にするかで勝敗は決まるといっていい。あまり言いたくないが、自分は新人だし力になれるとは思えない。力のある討魔師を選ぶべきだろう。

「如月さんとか、声をかけてみるか？」

慶次が意気込んで言うと、有生が眉間を顰《ひそ》める。

「如月さんかぁ……、まぁ確かに強いは強いか……」

有生は日本酒の入ったグラスを揺らし、悩んでいる。耀司をちらりと見ると、和典と何か話して笑い合っている。耀司の周りには重鎮《じゅうちん》たちがいっぱいいて、人気の高さが分かる。次期当主として期待され、人望も実力もある。

（そういや、以前有生が言ってたんだよな……）

有生の横顔を眺め、慶次は思い出したことがあった。有生は『俺の力のほうが兄貴より強いと思う』と言っていたのだ。

「有生、前に耀司さんより自分のほうが強いと思うって言ってたよな。それって、今回……お前が勝っちゃうこともあるってこと？」

慶次は有生の耳に囁いた。

「あのね、慶ちゃん。耀司兄さんを見なよ。ザ・正統派そのものでしょ。耀司兄さんは卑怯《ひきょう》な手とか使わない人なの。どんな悪人も真っ向から叩きのめす人なの。だからこそ次期当主にふさわしいんでしょ。他の討魔師も、心から従える。それに対して俺は……」

「お前、卑怯大好きだもんな！」

思わず拳を握って言うと、有生がにやーっと笑った。そうか、確かに有生はどんな手を使うことも厭《いと》わない性質だ。これは有生に有利かもしれない。

「まぁね。でも別に耀司兄さんに勝ったからって、別段いいこともないしね。特に叶えて欲しい願いもないし、適当に闘って引き分けに持ち込めばいいんでしょ」

有生はまともに闘う気がないようで、腹を満たすほうに意識を向けている。慶次としては有能な討魔師に打診しに行かなくていいのかと気が気ではないのだが、やる気はぜんぜんないようだ。有生に本気で闘ってほしいと思いつつも、負ける耀司は見たくない。とはいえ、自分も参加するならもちろん勝ちたい。

「うう、俺はどうすれば……」

慶次は自分の心の方向性が定まらずに、悶々《もんもん》と悩んだ。そうこうするうちに一時間が過ぎ、東軍西軍の兵選びの儀式に移行した。

丞一が耀司と有生を上座に呼び寄せる。すっとした居住まいで白いシャツにズボンという格好の耀司が丞一の隣に立ち、のっそりとした動きであくびをしながら丞一の隣に有生が立つという対比になった。

「では、兵選びの儀に移る。明日来れるなら、ここにおらぬ者でも兵に選んでよしとする。では、どちらから先に選ぶか、クジを引きなさい」

丞一が二本の棒を握って、耀司と有生に差し出す。同時にクジを握った耀司と有生が、丞一の手から棒を引き抜く。耀司の握った棒に赤い丸がついていた。

（耀司さんは誰を選ぶのかな。あんまりベテランだと命令しづらいよな。仲のいい和典さんとかは入りそう）

胸を高鳴らせつつ、慶次は上座を見守った。他の討魔師たちも、真剣な面持ちで耀司と有生を見つめている。

「では耀司からだな。まずは一人目を」

丞一に促され、耀司がこくりと頷く。

「一人目は、山科慶次君で」

聞き覚えのある名前が告げられ、場がしんとした。慶次は一瞬ぽかんとして、自分の耳がおかしくなったと耳の穴を弄《いじ》った。気のせいか、自分の名前が呼ばれたような……。

「はあああ!? 何、考えてんの！ 何で慶ちゃんを!?」

大きなざわめきをかき消す勢いで、有生が怒鳴った。それまでだるそうだった有生の顔が強張り、耀司に摑みかからんばかりの勢いだ。有生も、まさか耀司が一人目に慶次の名前を挙げるとは思っていなかったに違いない。慶次だって――。

「えええええ！ 何で俺！ お、俺っ、めっちゃ下っ端ですけどぉ！」

突然の指名に慶次はテンパってしまい、あわあわして手元の酒を倒してしまった。他のベテラン勢からは「すごい選抜だ」「そうきたか」と声が上がる。

「俺から指名できるんだから、いいだろう？」

不敵な笑みを浮かべ、耀司が有生に言い放つ。

「――……」

有生の表情が大きく歪《ゆが》み、有生が放つ気が物騒なものに変わった。それはこの場にいた討魔師が全員凍りつくようなもので、慶次ももれなく自分の身体を抱きしめた。

（うわっ）

慶次は驚いて身を引いた。宴会場に討魔師たちの眷属が次々と姿を現したからだ。

『ひょえええー。有生たまの恐ろしい気に、おいら尻尾が縮み上がりましたですぅ』

それまで腹の中で落ち着いていた子狸も、この恐ろしい気に耐え切れず外に出てきた。どうやら眷属たちは、有生の放つ気に危険を感じて出てきたらしい。眷属たちはじっと有生を見据えている。

「あーそういうつもり？　耀司兄さんは俺とマジで対決したいってことなんだ？　うわー、ヤる気満々じゃん？　耀司兄さんがその気なら、俺だって容赦しないけどいいのかなぁ？　兄さんの立場がなくなっても知らないよ？」

有生が目を細め、顎《あご》をしゃくって言う。眷属たちの態度がどう見ても有生を異物か敵と捉えていて、慶次は不安でいっぱいになった。有生を落ち着かせなければならない。

「そのつもりだが？　どうせ手を抜くつもりだったんだろう？　そのほうが負けた時に言い訳も立つしな」

耀司は有生の放つ気を受け流し、煽《あお》るような微笑みで言う。お互いに笑顔なのに、これ以上ないくらい恐ろしい空間ができあがっていて、慶次は青ざめて子狸を抱きしめた。

『さすが耀司たま。次期当主なだけあって、有生たまに負けてませぇん！　世紀の対決！　勝敗はいかに!?』

子狸は恐怖心は消えたのか興奮して実況している。

「有生、本気で闘おう」

耀司に真摯《しんし》に言われ、有生が苛立ったように髪をかき上げた。

「覚悟してんならいいよ、別に」

有生の声に感情がなくなったので、慶次は肝を冷やした。有生は怒りがピークに達すると無感情になるのだ。有生はかなりご立腹だ。有生の本気など引き出してはいけないのに。だが、何かの感情が収まったのは確かだった。眷属たちが、すっとそれぞれの討魔師の中へ戻っていく。

「じゃ、俺は一人目は和典さんにする」

有生がくるりと丞一に向き直って言う。和典は飲んでいた酒にむせて、頭を掻いた。

「俺かよ!　まぁいいけど……」

和典は、耀司に対して申し訳なさそうに手を合わせる。

「俺は二人目を山科律子《やましなりつこ》に」

耀司が二人目に名前を挙げたのは、伯母の律子だった。慶次は固唾《かたず》を呑《の》んで有生の様子を見守った。有生が入れようと思ったメンバーをまた耀司にとられたのだ。律子はきょとんとした後、豪快に笑った。

「ああ、そういう作戦？　オッケー、オッケー」

からからと笑いながら律子がふくよかな胸を叩く。

「……じゃあ、二人目は如月さんに」

有生はじっとりとした目つきで耀司を睨み、呟く。つまみを口にしていた如月は、軽く会釈《えしゃく》しただけだ。

「三人目は神岡恒樹《かみおかつねき》に」

耀司が告げた三人目は、分家の三十代の男性だった。眷属は蛇で、ふだんは沖縄に住んでいるそうだ。続いて有生が重鎮の名前を挙げ、残りの兵も順番に指名していった。

耀司が選んだ四人目は斎川《さいかわ》という男で、慶次以外ベテランばかりだった。正直言って、自分の名前が出た後は頭が真っ白になってしまっていた。けれど有生が最後に挙げた名前に、目が点になった。

「じゃ、最後の一人は父さんにする」

有生があっけらかんと言い放ち、丞一が目を瞠《みは》った。丞一も無論討魔師の一人ではあるが、これまで花見の宴で指名するような者はいなかった。それもそのはず、当主を務めるのは現在において一番の討魔師であるという前提があるからだ。人間同士の闘いに神を引っ張り出すようなものだ。そんな姑息な真似をする討魔師はいなかった。

「私を引き込むのか。これは面白い」

丞一はおかしそうに手を叩いている。重鎮からは「卑怯すぎる」とか「おいおい、それは禁じ手だろ」という突っ込みが起きたが、有生はどこ吹く風だ。

「別にいいよね？　兄さん」

有生が唇の端を吊り上げて言うと、耀司が顰《しか》めっ面でため息をこぼした。

「しょうがないな。了承しよう」

耀司は有生の申し出に文句を言うでもなく、手を差し出す。有生はその手を握り返し、お互いに視線を絡ませた。ばちばちと火花が飛び散った気がして、慶次は子狸が『ぐえっ』と言うほど強く抱きしめた。

「よい勝負になるのを期待している」

丞一が満面の笑みで言い、花見の宴の選抜儀式が終わった。

一体、自分はどうなってしまうのだろうと、慶次はひたすら小さくなるのだった。

■2 花見の宴は楽しい催し……のはず

宴会がお開きになると、丞一が立ち上がり「では出場する者たちで話し合いの場を」と言って手を叩いた。有生はすぐに離れに引っ込むつもりだったようで、面倒そうに目を眇《すが》めている。ざわつきの中、耀司が笑顔で近づいてきた。

「慶次君、ちょっといいかな？」

耀司に手招きされ、慶次は有生を気遣いつつも耀司のほうへ駆け寄った。背中に有生の不満そうな視線がちくちく突き刺さる。

「向こうの部屋に集まろう」

耀司は他に選抜した面子《メンツ》を手招き、すたすたと廊下を歩き出した。宴会場から遠ざかると、慶次は背後を気にしつつ耀司に身体を近づける。

「あの、耀司さん。何で俺を？　言っちゃ何ですが、俺、ぜんぜん役に立たないですよ？」

慶次は声を潜めて、必死に言い募った。有生の件を抜きにすれば、耀司の兵に選ばれたのはとても嬉しいし栄誉なことだ。だが、自分の実力がまだまだなのは十分分かっている。最近、やっと眷属が一人前になったくらいだし、ベテラン勢に比べたらいないよりマシというレベルだ。

「ああ、いいんだよ。君は、有生を本気で闘わせるために選んだだけだから」

耀司は気にした様子もなく、微笑んでいる。やはり、そうなのかと慶次は内心怯えた。有生と耀司が闘うということになったから、自分が呼ばれたのだ。正直ただの数合わせなのでがっかりしたが、自分と耀司たちの力量の差はよく心得ているのであまり不満はなかった。

「で、でもぉ。こう言っちゃ何だけど、俺があっちにいたほうが耀司さんの勝利に貢献できるのでは？」

他の討魔師を気にしながら慶次が言うと、背後にいた律子がおかしそうに笑い出した。つられたように後ろを歩いていた討魔師たちが口元を弛める。

「それじゃ面白くないだろう。有生のことだ。本気で闘いはしない。君はいるだけで目的を果たしているから心配しないでいいよ」

耀司が優しげな口調で言って、慶次の頭をぽんと叩いた。いるだけでいいなら文句はないが……。慶次は今後のことが不安で、落ち着かなかった。

耀司は空いている客間に全員を入れると、障子《しょうじ》を閉めて、小さく何か呟いた。するとどこから一頭の凜々《りり》しい姿の白い狼が現れた。白い狼は耀司と視線を合わせると、障子の傍に伏せて待機した。

客間は畳敷きの部屋で、床の間に掛け軸が飾られ、一輪の花が活けてある。円陣を組むように畳の上に腰を下ろした。慶次は律子と耀司しか知らないので、初顔の二人の男性に頭を下げた。

「慶次君は律子さんしか知らないだろうから、俺が紹介しよう。彼は神岡恒樹。遠縁の者だ」

耀司が手前にいた三十代半ばくらいの男性の背中に手を当てる。蛇の眷属を持った、沖縄出身らしい濃い顔立ちの男性だった。

「神岡さん、彼は山科慶次。まだ新米の討魔師です」

耀司が神岡に慶次を紹介する。神岡は目を細めて慶次を見つめ、にこりとした。

「よろしく」

神岡は慶次の手を握り、短く挨拶する。

「彼は斎川一星《いっせい》。奈良に住んでいる討魔師だ」

続いて耀司が紹介したのは、大仏みたいな顔をした中年男性だった。大柄で、鹿の眷属を憑けている。

「よろしく。噂は聞いているよ。君が有生の命綱だって」

斎川は笑顔で慶次と握手を交わす。一体どんな噂か恐ろしくて聞きたくない。

「さて、慶次君は初めて参加するから、簡単にルールを教えよう。弐式家の敷地を使って、東軍西軍に分かれて闘うものだ。五名の中から一人、ハチマキをつける者を決める。このハチマキを敵にとられたら負け。簡単なルールだろ?」

耀司に教えられ、慶次は神妙な面持ちになった。ハチマキを取り合うというのは至極《しごく》単純に聞こえるが、節分祭と同じく、そう簡単にすむわけはない。何しろ互いに力のある眷属を憑けているのだ。信じられないほどの大きな闘いが起きるのだろう。

他にもルールはいくつかあって、弐式家の敷地を出た人は失格、重火器を使うと失格など真っ当なものだ。

「通常でいくと、ハチマキ役一人、守りに二人、攻撃に二人というのが順当だけど……」

律子がちらりと耀司を見やる。要するにハチマキ役を二人の討魔師が守り、残りの討魔師が敵のハチマキを取りに行くということだろう。

「ハチマキ役は慶次君だ」

あっさりと耀司に言われ、慶次は恐れ多くて腰を浮かしかけた。

「お、お、俺がっ？　絶対、有生の奴、本気で俺を殺しに来ますよ！」

節分祭での鬼気迫る様子を耀司は知っているはずなのにと慶次は焦った。

「え、君たち恋人関係なんじゃないの？」

不審げに神岡に聞かれ、慶次は真っ赤になった。力のある討魔師は、ひと目見ただけで恋人関係や親子関係は見抜けるという。自分と有生の関係が親戚一同に知られているようで、恥ずかしい。

「そ、そうですが、あいつはそういう奴なんで……」

慶次が耳まで赤くしてもごもご言うと、斎川が噴き出した。

「面白い。やっぱり有生はふつうじゃないね」

斎川は手を叩いて喜んでいる。

「今回は――」

耀司が言いかけて、ふっと口を閉ざす。同時に障子の傍に伏せていた白狼が、耳をぴんと立てた。と、思う間もなく白狼は急に牙を剝《む》き出しにして、障子の外へ飛んでいった。

「早速来たな。有生を本気にさせたようだ」

耀司は嬉しそうに呟く。何事か分からなくて慶次がきょろきょろすると、ひょいっと子狸が出てきた。

『有生たまが狐の偵察隊を差し向けてきたでありますぅ。白狼たまが追い払いに行きましたが、おいらも加勢したほうがいいかな……』

子狸は障子の外を気にしてうろうろする。白狼はあっという間に狐の偵察隊を蹴散らしたようで、十分ほどで部屋の中へ戻ってきた。子狸が胸を撫で下ろす。

「おそらく敵のハチマキは父さんだろう。ハチマキ役が裏切るのが一番困るから」

耀司は淡々とした口調で言う。ハチマキを持っている者が敵に寝返ったら、そこで勝敗は決する。裏切りなど討魔師の中であるわけないが、有生もベテランは自分の指示に従ってくれない可能性があると言っていた。全力でハチマキを守ってくれなかったら、負ける可能性は高まる。その点当主なら、耀司に肩入れする可能性はないだろう。

「というわけで、慶次君。君には悪いが、本番まで有生と会うのは禁じるよ。有生の奴は絶対君を裏切らせたいだろうから」

慶次の肩に手を置き、耀司が額を近づけて言い聞かせてくる。有生と花見の宴まで会えないと知り、慶次は「えっ」と声を上げた。今夜は久しぶりに有生といちゃいちゃしようと思っていたのに、まさか妨害に遭うとは。

「慶次君に会えないとなると、有生の奴はきっとイライラが募るはず。敵も妨害行為をしてきているようだし、こちらもこれくらいはしないと割が合わないな」

耀司は呑気に言っているが、慶次は有生の苛立ちを想像してどんよりした。その苛立ちはきっと闘いが終わった後、慶次に向けられるに違いない。

「うわ。有生の念が飛んできた」

律子が嫌そうに肩の辺りを振り払う。律子の眷属である八咫烏《やたがらす》が出てきて、見えない攻撃を叩き落としている。闘いは明日のはずなのに、もう始まっているのか。

「はぁ、これいつまで続くのかね？　本当に敵に回すと厄介この上ない男だよ」

律子はうんざりしたように念を振り払っている。

「あの、具体的にどうやって闘うんですか？　俺は常に逃げ回ってたほうがいいですよね？　それともどこかに身を潜めるとか？」

当日の闘い方が分からなくて、慶次は膝を詰めて聞いた。

「慶次君には俺の白狼に乗って、常に移動してもらう。守りは白狼に任せるから、残りのメンバーは全部攻撃に回すつもりだ」

耀司に示された闘いの情景を思い描き、慶次は目を見開いた。慶次以外は全員、敵に攻撃を仕掛けるというのか。しかも慶次は、耀司の眷属である白狼に乗ってハチマキを死守する——。

「そ、そ、それは……」

慶次は思わず顔を覆ってしまった。白い大きな狼に乗って山を駆け回る姿——まさしくそれこそ、慶次の思い描いていた討魔師の姿ではないか！

「俺っ、そういうのに憧れてたんですっ!!」

慶次は拳を強く握り、立ち上がって歓喜のあまり声を上げた。耀司や律子、神岡や斎川の目が点になる。

「白狼様に乗って山を駆け回れるなんて、めっちゃくちゃ嬉しい！　耀司さん、俺に任せて下さいっ、俺やってやりますよ！　絶対にハチマキは渡しませんっ!!」

かつて夢に見た姿を実現できるとあって、慶次は興奮が収まらなくて飛び上がらんばかりに喜んだ。まるでマンガの主人公になったみたいだ。想像するだけで、ニヤニヤしてしまう。

『ご主人たま……。おいらだって大狸になればご主人たまくらい乗っけて走れますけど……？』

慶次の悦《よろこ》びに反して、子狸がじとっとした目をして言ってくる。明らかに不満顔で、尻尾で床をばんばん叩いている。

「や、お前はちょっと違うだろ……？　ほらお前だと、何つーか雨の中、猫バスを待ってた腹の大きい森の主的な感じだしさぁ……。そうじゃなくて、しゅっとした白狼様に跨《また》がってびゅんびゅん走るのがかっこいいっていうかぁ」

子狸には悪いが、大狸に抱っこされても何かちょっと違う。

『けっ。どうせおいらは不格好ですよ。おいらのチャームポイントは丸っこいところですからぁ！　サーセンっしたね！　クソ気分悪し』

子狸はすっかり悪モードになってしまい、逆三角形になった目で、慶次を睨みつけてくる。毛も逆立っているし、完全に機嫌を損ねたようだ。近づこうとすると、尻尾でびんたされた。

「ごめん、ごめん。あんますねるなよ。悪かったって」

慶次が焦って子狸に手を合わせていると、律子が大笑いして慶次の背中を叩く。

「ははは、眷属とこんなくだけた会話してる討魔師初めて見たよ。こういう規格外でなけりゃ有生の相手はできないのかもね」

律子につられて耀司や神岡、斎川も笑い出す。

その後も一時間ほど話し合い、慶次は花見の宴が楽しみになってきた。敵チームはかなりの精鋭ぞろいで、眷属も白狐や白牛、猪や龍と多彩だ。

そろそろ夜も更けてきたので、神岡や斎川は客間に戻って就寝すると言い出した。慶次もどこか客間を借りようと腰を浮かせた時、廊下を荒々しい足取りで歩いてくる音がした。

「耀司兄さん、慶ちゃん返して」

障子を勢いよく開けたのは有生だった。おどろおどろしい雰囲気を醸《かも》し出して、慶次たちを見下ろしてくる。

「慶次君は花見の宴まではこちらで預かることにした。お前と二人になったら、何を仕込まれるか分かったものではないからな。なぁ、慶次君。今日は母屋に泊まるね？」

耀司がこれ見よがしに慶次の肩を抱いて言う。尊敬する耀司に言われ、慶次はぽっと顔を赤くして「はい！」と元気よく答えた。

「は？　何、馬鹿言ってんの？　慶ちゃん、俺と耀司兄さん、どっちが大事なの？」

他の討魔師もいる前ですごい質問をされ、慶次は焦って両手を振り回した。神岡や斎川は男同士の修羅場《しゅらば》を見せられて、ドン引きしている。

「ばばば、馬鹿、お前何言ってんだよっ。そういう問題じゃないだろっ。ともかく、花見の宴まではお前と二人きりになっちゃまずいから！　正々堂々と勝負しようぜ！」

真っ赤になって宣言すると、有生が極悪な表情で舌打ちした。

「うっぜ。はぁ？　正々堂々とか何ほざいてんの。こっちはやりたくもない大将にさせられてうんざりっていうのに、エッチもできないとかぶち殺すよ？　そもそも勝っても何の得もねーし、疲れるだけじゃん。あーもー俺の負けでいいから慶ちゃん返して」

有生が強引に客間に押し入り、慶次の腕を摑もうとする。すると白狼が飛び出してきて、有生をはね除けた。有生はとっさに身を翻《ひるがえ》し、身構えた。白狼と有生が睨み合い、場が緊迫した。いつの間にか有生の後ろに緋袴《ひばかま》の狐の女性たちが現れる。神岡と斎川も身体を硬くして、対峙《たいじ》する兄弟の動向を見守る。

「ちょっと、ちょっと！　まだ当日になってないのに闘ったら私闘になるだろ！」

律子が慌てたように間に入って、二人を宥《なだ》める。慶次は有生の苛立ちを気にしつつも、耀司の横を離れなかった。有生には悪いが、耀司のチームで有生と闘ってみたかったのだ。

「有生、花見の宴まで我慢してくれよ」

有生を宥めようと、慶次は優しく声をかけてみた。だがそんな言葉くらいで有生が殺気を収めるはずがなく、子狸が『痛い、痛い』とのけ反るほどの刺激を与えてくる。ただでさえ負のオーラをまき散らす有生が怒っているので、眷属だけでなく慶次たちも息苦しいくらいの圧を受けている。神岡と斎川は、有生に対して不審感を露《あらわ》にしている。二人の表情を見れば、有生を嫌悪しているのは一目瞭然だ。

有生は親戚筋の間では、危険な存在として認識されている。討魔師としては有能でも、精神攻撃はするし、崖の傍に立っている人間を平気で突き落とす性質を持っているからだ。これでは有生が誤解されると、慶次は強い危機感を持った。

「勝ったら、俺が代わりにお願い聞くから！」

気づいたら大声で叫んでいて、慶次はハッとして口を押さえた。有生の心を落ち着かせるための一言が、つい口から飛び出てしまった。

一瞬の間に、有生の険しかった顔が落ち着いた。同時にあれほど場を歪めていた圧も消え去り、有生の背後にいた狐たちもいなくなった。

「言ったね、慶ちゃん。そういうことなら、いいよ」

有生の顔が別人みたいに柔らかくなり、見たことのない菩薩のような笑みまで浮かべた。その変わりようには律子や神岡、斎川も啞然《あぜん》としたほどだ。

「了解。そんじゃ当日まで我慢する。よろしくね」

有生は軽く手を振り、さっさと去っていった。慶次はうっかり口走った自分を責めた。有生のお願いを聞くなんて、言うんじゃなかった。特に今は同居に関して話し合っている最中だったのだ。有生が勝ったら、絶対に強引に同居させられる。

「……信じられない。あの忌《い》み子がこんなにあっさり言うことを聞くなんて」

斎川が薄気味悪そうな口ぶりで、慶次に視線を注ぐ。忌み子とはまたすごい言われようだ。

「有生は慶次君さえいれば、一族の強い味方になるって言ったでしょう?」

耀司が穏やかな口ぶりで斎川に言う。

「正直に言えば、私は有生の存在に疑念を持っていた。いつか井伊《いい》家に寝返るのではないかと……。どうやらその考えは改めるべきだな」

斎川の発言に慶次はひやりとした。やはり未だに有生に対する根強い不信感が親戚の間にはあるようだ。

「だが、それはこの子がいるからだろう？　彼がいなくなったら、どうなるか」

神岡はまだ有生に対する意識を変えられないようで、鼻で笑う。

「あ、あの有生は本当に困った奴ですけど、井伊家に寝返るとかはないと思いますんで！　この前だって、妖魔を使って井伊家の奴らを再起不能にしたくらいで」

有生を信じてもらおうと、慶次は口を滑らせた。

「妖魔を使って……？」

神岡の目が光り、慶次はとっさに言葉を呑み込んだ。そうなのだ、以前有生は妖魔を使って井伊家の人間を恐ろしい目に遭わせた。特に口止めはされてなかったが、こんな事実が弐式家の人に知られたら大変だと思っていたのに、うっかり口が滑った。

「あ、いえ、そういうんじゃなくて」

「まさか、あいつ妖魔を動かせるんじゃないだろうな？　いや、討魔師がそんなことできるわけがない。妖魔にかかわったら、波動が落ちて力が落ちるはずだ」

神岡に疑惑の眼差しで見られ、慶次はどう言えばいいか動揺した。動かすどころか、井伊家の人間に襲いかからせたとはとても言えない。

「まぁでも有生だからな……」

斎川が神岡の肩に手を置き、苦笑する。

「あいつがちょっとおかしいのは、討魔師なら皆知っていただろう。確かにあいつは人間の皮を被《かぶ》った魔物っぽいけど、それでも弐式家の直系の息子として生を受けたんだ。それは魔物ではなく、人を助けるためっていう使命があるからじゃないか？」

神岡を説得するように斎川が言い募る。人間の皮を被った魔物とはこれもまたすごい言われようだ。有生の親戚の間での評価は地に落ちているどころか、地中を突き抜けているらしい。

「まぁ……それは、な」

斎川の言い分に神岡も頷き、考え込んでいる。

有生の評判が悪いのは今に始まったことではないが、それでも悪し様《あ》に言われると慶次の胸は痛んだ。これから先、どうしたら有生という人物が悪いものではないと分かってもらえるだろうか。自分が何を言っても、彼らは有生への評価を変えない。それは慶次がまだ下っ端で、発言力のない討魔師だからだ。

（俺……有生のためにも、もっと強い討魔師にならなきゃ）

固く決意して、慶次は有生への想いを強くした。

今夜は母屋に泊まりなさいと耀司に言われ、慶次は薫に案内されて客間を借りた。母屋の風呂は広く、三、四人が入れる造りになっている。本家というのもあって客が多いので、洗い場も四つあるのだ。檜《ひのき》風呂を堪能して持ってきたスウェットの上下を着て廊下を歩いていると、弐式瑞人《みずと》に会った。

「やっほー、慶ちゃん。明日の花見の宴に出るんだって？　やーんもー、引きが強ぉい。耀司兄さんと有生兄ちゃんがバチバチにやり合ったって聞いてるよぉ。慶ちゃん巡って、対立してんのぉ？　柚《ゆず》にぃに教えてあげなきゃ」

瑞人はくねくねとして嬉しそうに話しかけてくる。瑞人は有生の弟で、本家の三男だ。顔が可愛らしい上に可愛い服ばかり着るので、中性的な雰囲気がある。四月になり、瑞人は高校生になった。中高一貫の学校なので、受験はなかったらしい。

「柚に変なこと言うんじゃないっ。誤解して大変な目に遭うだろ！」

伊勢谷《いせや》柚は以前討魔師だった青年で、今は資格を剝奪《はくだつ》されて一般人として過ごしている。耀司の恋人であり、慶次にとっては仲のいい親戚だ。

「そんなことより、井伊一保《いちほ》どうなった？　上手《うま》くやってるのか？」

慶次は気にかけていた質問をした。井伊一保は井伊家の人間で、瑞人の高校の先輩だ。井伊家と弐式家は対立していて、天敵とも呼べる間柄だ。眷属を使って人の営みを支援する弐式家と、妖魔や悪霊を使って人を陥《おとし》れる井伊家――。井伊家でかかわった井伊直純《なおずみ》という男が井伊家を抜けたいという申し出があって、慶次たちはそれに尽力した。その際に、一保を助けてほしいと直純に言われていたのだ。

「先輩は元気だよっ。最近ちょっと明るくなったって周囲の評判。僕としてははぁ、前のすさんだ目をした一保パイセンが好きだったんだけどぉ」

瑞人は唇を尖らせて言う。瑞人は変人だ。本家の三男ということで、霊能力はすごく、下っ端の眷属の真名を読めるという裏技を持っている。その能力でさんざん悪いことをしたせいで、小さい頃は外に出られない生活をしていた。ふつうはそれで反省して心を入れ替えるものなのだが、瑞人の悪質さはあまり変わらず、柚の眷属が弱った際に真名を読んで奪おうとした経緯がある。話は通じないし、どこか女性っぽいしぐさだし、慶次にとっては宇宙人みたいな存在だ。

「先輩のパパはあれからすごく穏やかになって、家庭が平和なんだって。まぁでもそのうち井伊家の上の人がおかしいと思ってやってきて崩壊するんじゃない？　そうなったら弱った先輩を僕が慰めてあげるのぉ」

「怖いこと言うなよっ」

慶次はゾッとして瑞人を睨んだ。一保の父親は暴力的で威圧的で、一保を苦しめていたのだが、有生が妖魔を操って廃人みたいにしてしまったのだ。他人の家庭ながら気になっていたので、瑞人の話を聞き余計に不安になった。海外に逃亡した直純のように、井伊家と手を切れる道があるのならいいのだが……。

「慶ちゃん、客間に泊まるのぉ？　僕の部屋で一緒に寝ようよっ。パジャマパーティーしよう。

恋バナしたーい」

瑞人は慶次の腕に細い腕を絡め、強引に連れていこうとする。

「いや、俺もう寝るから。マジで」

瑞人の部屋で一緒に寝るなんて地獄の晩の始まりだ。瑞人とは気も合わないし、その思考には疑問ばかりだ。

『ご主人たま、こいつ有生たまの弱みを探ろうとしてるだけでやんすよ。ヤっちまいますか？おいら、前々から気に食わなかったんでこいつに活を入れたいッス』

子狸がひょいと現れ、ギラギラした目で瑞人を窺《うかが》っている。その手に長い針があって、本気かとドキドキした。眷属にひどい仕打ちをする瑞人を、子狸は気に入らないのだ。

「長距離移動で疲れたから寝るよ！　瑞人、おやすみっ」

危険な匂いを放つ子狸を抱きかかえ、慶次は瑞人の手を振り払って客間に駆け込んだ。障子を閉めると、子狸が舌打ちしている。

客間の押し入れから布団を取り出し、手早く敷いた。布団の中に潜《もぐ》り込み、スマホをチェックする。よく見ると、有生から連絡が入っていて、『夜這いに行く』とメッセージがあった。会ってはいけないと釘を刺されているので、宴の後にしろとメッセージを打ち込んだ。すると、廊下の奥のほうから声がする。

「おい、邪魔すんな」

耳を欹《そばだ》てると、明らかに不機嫌そうな有生の声がする。嫌な予感がして障子をそっと開けて廊下の奥を窺った。廊下の奥で有生と白狼が睨み合ってて、険悪なムードを醸し出している。どうやら白狼が慶次の身辺を守っていてくれたようだ。しばらく睨み合っていたが、耀司が出てきて有生を追い払った。

（あいつ、マジで夜這いする気だったのか……）

慶次は身を震わせ、障子を閉めた。有生とは恋人同士だが、母屋でセックスするほど慶次は厚顔ではない。万が一にも声が聞かれたり、あまつさえ覗かれたりしたら、間違いなく憤死する。

『ご主人たま、スマホでGPSチェックされてないか確認したほうがいいと思いますぅ。有生たまはハチマキ役がご主人たまと予想しているみたいですよぉ』

寝る間際に子狸にぽんと肩を叩かれ、慶次は念のためにとスマホを確認した。以前勝手に追跡アプリを入れられていた経緯があり、削除したのだが……。

「嘘だろっ、また入ってる！　いつの間に!?」

削除したはずのアプリが再び入れられていて、恐怖に震えた。スマホを有生に渡した記憶はないのにどういうことだろう。

「まったく油断ならねーな……。まずは俺に断るべきだろ」

ぶつぶつ文句を言いつつ慶次はアプリを削除した。追跡アプリのおかげで事なきを得たことはあるのだが、やはり勝手に追跡されるのは気持ち悪い。

明日の花見の宴はどうなるのだろう。

期待と不安で胸をいっぱいにさせながらも、慶次はやがて深い眠りに落ちていた。


花見の宴当日は、晴天に恵まれた。裏山の桜は満開になり、華やかな雰囲気だ。

朝食を食べ終え、九時には本家に続々と見物客が集まってきた。昨夜のうちに兄弟対決という一報が入ったのか、各地から討魔師と討魔師以外の親戚が見に来ている。早朝から母屋には挨拶を交わす声が飛び交い、騒がしかった。

慶次は客間で耀司と律子、神岡と斎川と一緒に戦闘のシミュレーションを行っていた。眷属にはそれぞれ得意な攻撃があり、特に敵の大将である有生は幻術が得意だそうだ。くれぐれも引っかからないようにと言われた。動きやすい格好ということで、慶次たちは皆トレーニングウェアを着ている。使用人の薫の話によると、有生たちも全員トレーニングウェアらしい。当主のそんな格好なんて初めて見るので気になる。

「慶次！　話は聞いたぞ！　死ぬ気で、いや、死んでもハチマキを守れよ！　あの狐に奪われたら、許さないからな！」

チーム内で話し合っていたところへ駆け込んできたのは、伊勢谷柚だった。相変わらず綺麗な顔立ちで、今日はざっくりと首元が開いたシャツにズボンを穿いている。慶次にハチマキを守れという顔があまりにも本気で、もし負けたら恐ろしい報復がきそうだった。

「柚、落ち着け。慶次君は心配いらないから」

すごい勢いで客間に押し入ってきた柚に、耀司が呆《あき》れたように言う。

「はい、耀司様。でもあの姑息な狐が純情な慶次をたぶらかすかもしれないし……。念には念を入れて」

慶次に見せていた鬼気迫る表情から、ころりと可愛らしい表情へ変えて、柚が耀司に殊勝《しゅしょう》に頷く。柚は耀司大好き人間なので、耀司の前では天使になる。だが有生いわく、その本質はタスマニアデビルという恐ろしい生き物だそうだ。

「何だか、今年はえらく騒がしいね。兄弟対決って盛り上がるもんだ」

律子は詰めかけた大勢の親戚に感心している。慶次は少し緊張してきて、子狸をぎゅっと抱きしめた。兵士の一人として恥ずかしくない振る舞いをしなければと思うが、花見の宴自体が初めてなので、どうなるのか皆目見当がつかない。

「でも、討魔師以外は眷属って視えないのに、どうやって観戦するんだ？」

ふと気になって慶次は首をかしげた。討魔師の資格を奪われた柚は、今はもう眷属の姿は視えないという。同じように討魔師ではない親戚たちも、敷地内で何が行われているか分からないはずだ。

「ああ、ちゃんと実況するのがいるから、大丈夫」

律子はけらけら笑って答える。どうやら討魔師の中で話し好きな人間が、現在の状況を事細かに教えるそうだ。討魔師たちは、眷属の目を通して花見の宴を見守るので、何が行われているかすべて分かるそうだ。柚も仲のいい討魔師に、常に耀司を追うよう頼んでいる。

「そろそろ移動するか」

耀司が時計を見て、腰を浮かす。戦闘開始は十時きっかりだ。それまでに東軍は奥庭の祠《ほこら》前、西軍は裏山の頂上に向かう。開始時刻まで三十分を切ったので、耀司たちと一緒に移動した。有生たちは山の頂上なので、とっくに出発しているはずだ。昨夜はスマホにたくさんの着信があったが、うっかり会話をしたらいろいろばれそうなので取らずにおいた。それで不機嫌になるかもしれないが、まずは闘いに全力を注ぎたい。

「それにしても眷属は争いを嫌うんだろ？　こういうのはいいのか？」

奥庭の祠に向かって歩きつつ、慶次は腕に抱えた子狸に尋ねた。

『ご主人たまー、これは試合というくくりなので無問題ですぅ。まぁ有生たまは試合というより殺し合い……って空気でしたが』

ちらちらと山のほうを見やり、子狸が物騒な発言をする。

「怖いからやめてくれよ。あいつ、反則ぎりぎりの技とか出しそうで嫌だな。今回は俺も根回しとかしてないし……」

節分祭では準備万端で挑んだが、今回は昨夜急に決まった話なので、何も手を打っていない。大将が耀司なので任せておけば大丈夫だろうという気持ちが大きかった。ともかく逃げ回ればいいのだ。花見の宴は最長三時間と決まっているので、白狼の力があれば逃げ切れるだろう。その間に耀司や律子たちが当主のハチマキを奪ってくれればいい。

「賭け金がすごいことになってるらしいぞ。下馬評《げばひょう》ではこっちが優勢らしい」

神岡が斎川に呆れたように言う。

「そうみたいだな。眷属の手前、お金じゃなくて酒になっているそうだ」

斎川が笑いながら話す。賭け事は眷属が嫌うそうで、お金の代わりに一升瓶を賭けているらしい。何だかほのぼのするエピソードだ。

「審判役が来たね」

中庭から奥庭へとぞろぞろと歩いていると、頭上に烏天狗が飛んでいる。弐式家を守る烏天狗のボスで、大きな白い羽に山伏《やまぶし》の格好で、猛禽類の嘴《くちばし》を持っている。一本杉のてっぺんに立ち、慶次たちと裏山にいる有生たちを見守る。

奥庭まではめったに来ないので、慶次は久しぶりに弐式家の広い庭に足を踏み入れた。奥庭まで来ると雑木林という感じで、あまり手入れはされていない。庭だけで東京ドーム五個分あるそうで、竹林が続いている部分とケヤキや杉、落葉樹が空高く伸びている部分、だだっ広い芝生の部分があった。十五分ほど歩くと、小さな祠がある。石でできた地蔵が置かれ、水と榊《さかき》が供えられている。

「ここが最初に割り当てられた本拠地ですか？」

慶次はきょろきょろして聞いた。祠の傍には誰もおらず、静けさが広がっている。鳥の声が遠くから聞こえるが、この辺りには桜の木はなさそうだ。

「そうだな。それじゃ慶次君。これを」

耀司が懐《ふところ》から白いハチマキを取り出して渡してくる。慶次は顔を引きしめて、それを額にぎゅっと巻きつけた。

「白狼様！　今日はよろしくお願いします！」

白狼に礼儀正しく四十五度のお辞儀をする。

『了承した』

厳かな白狼の声が脳内に響いて、そのかっこよさに痺れた。太く雄々しい声だ。

『どうせ、おいらは子どもっぽい声ですよ。サーセンっしたね』

子狸がすかさず突っ込みを入れてくる。どうも昨夜から子狸はすねてしまっていて、機嫌を取るのが大変だ。慶次の狼に対する憧れが気に食わないのだろう。

「そろそろ時間だ」

耀司が頭上を見上げて呟く。

その時、烏天狗が甲高い声で鳴いた。身体にびりびりくるほどの声で、慶次は何事かと泡を食った。だが、それは始まりの合図だったらしい。耀司が行くぞ、と声を上げ、いっせいに四人が走り出した。

「わわわっ、ちょ、ちょ」

慶次は焦って白狼に跨がった。子狸も白狼の首の辺りにちょこんと飛び乗る。白狼はぶるりと毛を振って、『ゆくぞ』と慶次を見やった。そこで気づいたのだが、先に飛び出した四人の姿がもう見えない。この近くは見通しのいい雑木林なのに、彼らは風のような速さで山に向かっていったのだ。神岡や斎川、律子は中年で、通常ならそこまで速く移動するなど不可能だ。おそらく全員、眷属と一体化してありえないスピードで飛び出したのだろう。

「は、はいっ。お願いします！」

慶次は白狼にしがみついて、緊張した面持ちで頷いた。白狼は一瞬の間に雑木林を駆け抜けた。その速さはさすが狼といったところで、あれほどすねていた子狸も『おおーびゅんびゅんですぅ』と興奮したほどだ。

「うわー、俺今、物語の主人公みたい」

風を切って走る姿は、我ながらかっこいい。慶次が悦《えつ》に入っていると、白狼がふいにブレーキを踏む。それがあまりに急だったので、前のめりになっていた慶次は一回転して地面に転がり落ちた。

「な、何だっ⁉」

落ち葉まみれになって起き上がると、白狼が鼻をひくつかせる。

『気をつけろ、何か変だ』

白狼が辺りを見回し、鋭い双眸《そうぼう》を動かす。慶次は身体についた落ち葉を払い落とし、周囲を見回した。すると林の中から、耀司が血相を変えて走ってくる。

「慶次君、こっちはまずい。有生の罠が仕掛けてある！」

耀司が怒鳴りながら近づいてくる。慶次は驚いて身構え、白狼と反対方向を目指そうとした。だが慶次が白狼に乗ろうとする前に、白狼が目にも留まらぬスピードで駆け出す。白狼は近づいてきた耀司に飛びかかるや否や、その首に牙を剝いた。

「わあああ！　な、何やってんだっ⁉」

相棒である耀司に襲いかかった白狼にびっくりして慶次が悲鳴を上げると、信じられない出来事が起きた。目の前に迫っていた耀司が、煙のごとく消え去り、代わりに一匹の狐が現れ出たのだ。

「えええええ！」

慶次があんぐり口を開けると、狐はコーンとひと鳴きして身を翻し逃げていった。まさか今のは狐が化けた耀司……？

『うぉうぉうぉ！　有生たま、容赦ない攻撃ですぅ。見事な化けっぷりでありましたぁ』

子狸も感心して慶次の肩に乗る。

「ぜんっぜん、分かんなかった！　俺、騙される！　白狼様、マジすごいです！」

狐が化けた耀司は完璧だった。白狼が気づかなければ、ハチマキをとられて終わりだっただろう。開始五分で終了するところだった。慶次は今さらながらゾッとして白狼にくっついた。

『匂いが違うのですぐ分かる。さぁ、乗れ』

白狼は動揺した様子もなく、顎をしゃくる。慶次は再び白狼の背に乗り、ドキドキしながら移動をした。この様子では近づく人間、すべて疑ってかかったほうがいい。

雑木林を抜けて裏山の入口に着くなり、白狼は『しっかり掴まれ』と慶次に促してきた。慶次が白狼の背中にがっしり掴まると、鼻をひくつかせながら斜面を駆け上がっていく。白狼は慶次の重さなど気にならないのか、その速度は変わらない。

『近くに龍がいますぅ。隊長が迫ってくるようですよぉ』

子狸は敏感に気配を察して耳打ちする。隊長というのは如月のことだ。子狸は仕事で組むようになってから、すっかり如月に心酔し、隊長と呼んで慕っている。

「龍がいるって！」

慶次が風で髪をなびかせつつ白狼に言うと、『分かっておる』とそっけない声が返ってきた。

どこからか突風が吹いてきた。慶次が思わず振り返ると、山の中腹辺りから大きな身体をうねらせて龍が向かってくる。その速さは白狼以上で、慶次は青ざめた。

「ひえええっ、追いつかれるぅ！」

仕事をしていた時は気にならなかったが、実際自分に向かって猛突進してくる龍は恐ろしい以外の何物でもない。慶次は白狼にしがみついて、冷や汗を掻いた。

龍は白狼を追い越すと、長い身体をくねらせて、その身体に巻きつけようとしてきた。白狼が巻き取られる寸前、どこからか光を伴った矢が飛んできて、龍の身体に突き刺さる。龍はそれを厭い、搦《から》め捕《と》ろうとした白狼から飛び退った。二の矢が飛んできて、慶次は矢が射《い》られた方向を見る。

「律子伯母さん！」

慶次は顔をほころばせて、弓を構える律子に手を振った。龍は律子の放つ矢から逃れるように、上空へと飛んでいく。あやうく龍の身体で締めつけられて、ハチマキを奪われるところだった。

『ひょおお、白熱して参りましたぁ！』

子狸は興奮して、両手に扇子《せんす》を持ち、踊り始めている。花吹雪が舞っているが、どこから取り出したのだろう。

『有生たまのほうでもバトってる模様であります。狐の大群と狼の大群で、戦国絵巻のようですよぉ。うう、近くで見てみたいっ』

子狸は頂上近くで争っているという有生と耀司の様子を語ってくれる。どうりで先ほどから地鳴りがすると思った。慶次としてはどちらを応援していいか分からず、悩ましいところだ。

『我らは反対側へ行くぞ』

白狼は、有生と耀司が争っている場所から離れ、山の北側へ向かうようだ。白狼と並んで律子が走ってきて「慶次！　幻術に気をつけな！」と怒鳴って、どこかへ矢を射始めた。白狼は器用に木々の間をかいくぐり、走っていく。

「当主はどこにいるんだ？　子狸、分かるか？」

慶次は風に頬を嬲《なぶ》られつつ、気になって尋ねた。

『ううーん。有生パパの気配はどこにもないですぅ。おいらには分からない……。くぅ、何という完璧な隠れ身の術っ。さすが有生パパですぅ』

子狸にも当主の隠れている場所が分からないらしい。ひたすら逃げ続ける慶次と違い、当主はどこかにずっと身を潜めているようだ。こうやって走り回っているうちに当主を見つけて、あわよくばハチマキを奪い取ることができればと考えた慶次はがっかりした。

『身のほどを知れ。お前が当主のハチマキを奪うのは万が一にも無理だ』

白狼に考えていることを見抜かれ、鼻で笑われた。白狼が万が一にも無理というなら、本当にそうなのだろう。相手が当主なので、悔しい気持ちも湧いてこない。

「んん？」

ふと美味しそうな匂いがして、慶次はきょろきょろした。いつの間にか花畑に来ていて、蝶が辺りを舞っている。こんな場所、裏山にあっただろうかと首をひねった。

『げ、幻術でありますぅ。ご主人たま、気をつけて！』

子狸が毛を逆立てて、白目を剝く。白狼も立ち止まり、警戒するように周囲に首を傾けた。幻術と言われ、合点《がてん》がいった。裏山は以前日課で登っていたことがあり、知らない場所はないはずなのに、見たことのない花畑が出てきたからだ。

『これは……』

白狼が牙を剝き出しにして、唸《うな》り始める。花畑の中から、塗り壁みたいな妖魔が出てきたのだ。真っ黒な身体に赤い目が光っている。幻術と聞かされても、本物のような恐ろしさだ。

「う……、う」

慶次は妖魔を見ていたら激しい頭痛に襲われて、呼吸まで苦しくなってきた。塗り壁みたいな妖魔を見ていたら、鼓動が速まり、汗がどっと噴き出たのだ。目の前の妖魔が恐ろしくてたまらず、小刻みに震えてしまう。

『ご、ご主人たま！　大丈夫でありますかっ？　心拍数がヤバいことになってるでありますぅ！おいらを抱きしめて！』

子狸が慶次の異変に気づき、胸元へ飛び込んでくる。慶次は子狸を抱きしめ、わずかに落ち着きを取り戻した。塗り壁みたいな妖魔は、慶次の一番古い記憶を刺激した。小さい頃、こいつを見た。追いかけられて、ものすごく怖かった。

（これは幻、幻、幻……）

慶次は目をぎゅっとつぶり、必死に頭を振った。

『気を確かに持て。目の前の妖魔は本物だ。幻ではない』

白狼に低い声音で叱られ、慶次はハッとした。幻術だから本物ではないと思ったのだが、まさか本当に妖魔がいるというのか。弐式家の敷地内は聖域で、眷属が守っているから妖魔が入り込むはずないのに。

『お前は降りろ。我が妖魔を倒す』

白狼に促され、慶次は地面に飛び降りた。花畑は幻術のようだが、とてもそうは思えないくらい、匂いも質感もある。何度首を振っても花畑の景色が見えるし、幻術が解けない。

『うう｜。こうなったら痛みで覚醒するしか……、ご主人たま、ちょっとちくっとしますよぉ……』

子狸がぎらついた目で、腹から武器の針を取り出してじりじり慶次に迫ってくる。

「怖っ、やめろっ」

白狼と妖魔も気になるが、悪鬼のような顔で針を刺そうと迫ってくる子狸も気になる。慶次は視線を交互に動かして、身構えた。白狼が妖魔に飛びかかり、牙をつき立てる。妖魔はにょきっと腕を生やし、白狼を振り払おうとした。白狼はその攻撃を器用に避け、体勢を立て直して再び妖魔に攻撃を繰り出す。妖魔が身の毛のよだつような声で咆吼《ほうこう》し、白狼を両手で捕まえた。

「白狼様！」

慶次が焦って叫ぶと、妖魔の両手が爆発したみたいに破裂して、中から白狼が飛び出してきた。

白狼は弾丸のように突進し、妖魔の腹に穴を空けた。それがトドメとなったようで、妖魔が断末《だんまつ》魔《ま》の悲鳴を上げて消えていく。

妖魔は倒したが、幻術は消えないままだ。

『あの有生という男、本当に討魔師なのか？』

白狼は再び慶次を背中に乗せると、困惑した声を出した。眷属にすら疑われるとは……。

『この聖域に妖魔を引き入れるなど、ふつうの人間にできるはずがないのに……』

走り出しながら白狼に呟かれ、慶次は内心焦りを感じていた。白狼が言うように、弐式家の敷地にどうやって本物の妖魔を引き入れたのだろう？　眷属の守りをかいくぐってやったにしても、ありえない話だ。

（これで有生が勝っちまったら、マジでヤバい気がするんだけど……）

妖魔を引き入れた手一つとっても、のちのちに問題になる気がする。

『あああああ！』

ふいに子狸が素《す》っ頓狂《とんきょう》な声を上げて、ぴょんと飛び上がった。何事かと慶次が固まると、白狼が足を止める。同時に裏山一帯に破裂音が二度鳴り響いた。まるで花火を上げたみたいな爆音だ。その音が原因か分からないが、花畑は一瞬にして消え去り、山の景色が戻ってきた。

『しょ、勝敗が決まりましたぁ……、耀司たまの勝ちですぅ』

おろおろしたそぶりで子狸が言い、慶次は目を見開いて子狸を持ち上げた。

「ええっ!?　うちのチームが当主のハチマキを奪ったのか!?」

いきなり勝敗が決して、慶次は動揺して子狸を揺さぶった。

『そ、それがそのぅ……、有生たまのチームの牛の人が裏切って、当主のハチマキを奪って斎川たまに渡した模様でありますぅ……』

子狸は言いづらそうに教えてくれる。純粋な勝利ではなく、敵チームにいる和典の裏切りによって勝敗を決したことに、慶次は唖然とした。

(ど、どーなって……)

慶次が立ち尽くしていると、上空に烏天狗が現れ、旋回《せんかい》して降りてくる。

『お堂に集まるように』

烏天狗に指示され、慶次はのろのろとした足取りで山を下りていった。


お堂に花見の宴に参加した十名と、討魔師が集まった。

巫女様の声で「今年の勝利は、耀司のチームとする」とはっきり宣言されると、ざわめきが起きた。有生はかなり不機嫌で、恐ろしいくらい負のオーラをまき散らしている。

「あーマジでクソ。まさかの裏切り。信じらんね。本気でぶち殺すよ?　はー、討魔師が味方裏切るとか、ありえねーんですけど？　あー嫌い。すげームカつく」

有生の怒りは和典に向けられていて、お堂にいた全員が凍りつくような空気を醸し出している。有生が怒るのも仕方ない。和典は味方を裏切るような人ではないと思っていたので、慶次も驚いた。

「悪かったから、その攻撃やめろ。痛い、痛い」

和典は先ほどから胸の辺りを押さえて、苦しんでいる。おそらく有生が精神攻撃をしているのだろう。

「耀司兄さんがこーんな汚い手を使うとは思わなかったなぁー？　そんな禁じ手を使うくらい、負けたくなかったんだ？　仮にもお兄様だもんねぇ？　忌み子の俺に負けたら立つ瀬がなくなっちゃうもんねー」

有生の怒りは耀司にも向けられ、ねちねちと嫌味をぶつける。耀司はむすっとした顔つきで、腕を組んでいて、とても勝利を喜んでいるようには見えない。

「耀司は関係ない。俺が勝手に裏切っただけだから」

和典が痛みに顔を顰めつつ、口を挟む。裏切りが耀司の指示ではなかったと知り、慶次は安堵した。有生が卑怯な手を使っても気にならないが、耀司が使ったとなるとがっかりしてしまう。耀司に対する信頼が自分の中にあるのだと気づいた。

「うむ、まさかこいつが裏切るとはねぇ。私も驚いたよ」

当主はむしろ感心したように頷いている。当主は木のうろに身を潜めていたそうだが、突然和典がやってきて、ハチマキを奪われたそうだ。

「素直に奪われてる時点で、腹立つんですけど？　父さんなら、どうとでもできただろ。あー家族の裏切り。最悪なんですけど。日頃、俺にあーだこーだ言うくせに、自分たちの裏切りは当然って感じなんだぁ？　え、どの口が言ってんの？　討魔師って、結局偽善者の集まりってことでオケ？　これなら、最初から裏切るって言ってる井伊家のほうがマシじゃね？」

有生は当主に対しても、憤《いきどお》りをぶつける。さらにその怒りは他の討魔師にも向けられる。さすがに有生に悪し様に煽られて、他の討魔師たちの空気がぴりっとなる。

「しょうがないだろ！　あんな手を使われちゃ、黙認できない！」

和典が怒鳴りだし、有生の腕をいきなり摑む。有生がその手を振り払い、場の空気が一触即発になった。黙って見ていた討魔師たちも、不穏な空気を発する。和典はいつもにこやかなおじさんという感じだったので、慶次は動揺した。

「妖魔を山に放ったのはお前だろ！　何であんなことをした!?」

和典が険しい形相で叫ぶ。とたんにしんと、沈黙が降りた。この場にいる討魔師たちは皆、妖魔が山に現れたのに気づいていて、有生を凝視している。後から知ったのだが、慶次の前に現れた妖魔だけではなく、他にも何体か妖魔が出てきて、律子や神岡、斎川はその対処に当たらざるを得なくなったらしい。

慶次はハラハラして有生を見つめた。皆の責める視線が、自分のことのように痛い。

「はぁ？　別にしちゃいけないなんて聞いてませんけどー？」

和典の緊迫したムードに比べ、有生は逆にニヤニヤした顔つきで言い返す。

「そんなルールあったっけ？　花見の宴は討魔師の力比べでしょ？　俺は耀司兄さんを負かすためにあらゆる手を講じただけ。それの何が悪い？　俺を責めるより、妖魔が山に入れたことを反省すべきではぁ？　聖域って言ってもたいしたことねーじゃん。クソみたいな防御システムでしたけど？」

有生が肩を竦め、笑い出す。それにはさすがにその場にいた討魔師たちが怒りを露にし、有生を睨みつける。慶次は焦って拳を握った。有生を庇《かば》いたいと思うが、とても庇える内容ではない。討魔師全員を敵に回す気だろうか？　有生に謝罪させるべきだろうが、慶次が何を言っても有生が謝るとは思えない。理論的に、有生には非がないのだ。花見の宴に妖魔を持ち出してはいけないなんてルールはなかった。討魔師が妖魔を持ち出すことなど、前提としてありえないからだ。有生の善意を当てにするほど虚《むな》しいことはないのに。

「お前……っ」

和典が怒るより先に、神岡がこめかみを引き攣らせ、有生の前に飛び出た。

「――はい、そこまでだ」

乱闘寸前の状態を打ち消したのは、丞一の柏手《かしわで》だった。凍りついた空気が解け、怒りに顔を歪めていた討魔師たちの表情が弛む。

「今年の花見の宴は、我ら討魔師に新たな気づきをもたらした。……ということなのだろう。まずは耀司、おめでとう。お前の勝ちだな」

丞一は穏やかな声で耀司を振り返り、褒めた。それまで眉根を寄せていた耀司も、凛とした表情になった。

「ありがとうございます、当主」

耀司が軽く会釈をする。

「有生」

ついで丞一は有生に顔を向ける。

「負けはしたが、お前の力はたいしたものだった。和典の裏切りがなければ、お前が勝っていたかもしれないな。参考までに聞かせてほしい。あんな大きな妖魔が裏山に入るわけはない。一体どんな手を使ったんだ?」

純粋な興味として丞一に聞かれ、有生はにやーっとした。

「教えなーい」

有生は意地悪く言って、すたすたとこちらに向かって歩いてきた。教えないと言われて、また討魔師たちが有生への不信を募らせる。

「もう終わったから解散でいいでしょ。慶ちゃん、いこ」

有生は何事もなかったように慶次の肩を抱き、お堂を出ていこうとした。すると、耀司がすっと前に出てきて、「有生」と声をかける。

「内容はともかく、俺の勝利だ。お前にはひとつ、頼みを聞いてもらうぞ」

よく通る声で耀司に言われ、有生はちらりと振り返った。

「はいはい。明日にでも言いに来て」

有生はひらひらと手を振り、慶次を引っ張ってお堂を出た。お堂を出ると、慶次は溜めていた息を吐き出し、ぶるぶると震えた。

「お、お、お前っ、あんなことして大丈夫なのかっ？」

廊下を歩きつつ、心配でたまらなくなり、慶次は有生の身体を揺らした。

「討魔師全員敵に回したようなもんじゃないかっ。妖魔なんか……マジでやばいぞ！　どうする気だよっ」

慶次は周囲を気にしつつ、涙目で有生を見つめる。

「どうもしねーけど。そもそも全員味方じゃなかったし」

真剣に有生を案じている慶次とはうらはらに、有生は平然としている。

「ふつうに闘えば、いい勝負だったろ？　何で正々堂々とやらないんだよ？」

慶次が消沈して言うと、有生が馬鹿にしたように笑う。

「は？　何で正々堂々とやんなきゃならない？　俺は一番手っ取り早く勝つ方法を使っただけ。

あーでも和典さんの裏切りを予測しなかった点は、俺のミスだね。清廉潔白な討魔師が裏切りとかしないと思い込んでた。やー失敗、失敗。これからクズ典おじさんと呼ぼう」

有生は最低な発言を重ねている。慣れている慶次ですら顔を引き攣らせたのだから、他の討魔師が忌み嫌うのも無理はない。

「それよか、離れに行ってエッチしよ。もー疲れた。慶ちゃんで癒やされたい」

どの面《つら》で言っているのかと疑いたくなるような言葉を吐き出す有生に、慶次は頭を抱えたくなった。


有生は離れに家を持っている。有生と一緒に歩くと母屋から一分ほどで着く距離だが、有生が歓迎しない相手が離れを目指すと、庭が迷路になって辿り着けないという不思議な家だ。木造平屋の竹垣で囲われた建物で、広いテラスと緩やかな勾配の屋根が素敵だ。

「お疲れ様でございました」

離れの玄関の引き戸を開けると、巫女姿の狐が三つ指ついて出迎えてくれた。有生が契約した眷属は齢《よわい》二千とも言われている白狐で、狐の部下が大勢いるそうだ。有生は走り回ったせいで泥がついたらしく、シャワーを浴びてくると言って浴室に消えた。

「はぁ……。何であいつ、あの空気が平気なんだろうな？」

リビングに行き、狐の入れてくれたお茶に口をつけて、慶次は頭を抱えた。もし慶次が有生の立場だったら、真っ青になってこの世の終わりみたいに思っているところだ。けれど有生は他人から疎まれることなど屁とも思っていない。

『有生たまをご主人たまのものさしで計るのはやめたほうがいいのですぅ。有生たまは本気でご主人たまの心配が分からない方ですからぁ』

子狸が横に並んで、慶次の背中をぽんぽん叩く。

「俺が思う以上に有生って嫌われてるよなぁ……」

有生へ注がれた親戚の視線を思い返し、慶次は悲しくなった。好きな人が嫌われていることがこれほどつらいとは思わなかった。有生には親戚づき合いを見直してほしいが、あの性格を変えるのは不可能だ。子狸は以前、有生を人間より自分たちのほうに近いと語っていた。確かに有生には人間らしい感情が欠けている部分がある。

悶々と考え込んでいると、いきなり首元にひやっとしたものを感じた。

「ひゃあああ！」

びっくりして飛び上がると、呆れたような顔で有生に覗き込まれる。いつの間にか風呂から出ていて、濡れた髪をタオルで乾かしながら慶次の横に座る。紺色の作務衣《さむえ》を着ていて、髪から滴《しずく》が垂れた。

「そんなびっくりする？　思い悩んでいるふうだから、首筋突いただけじゃん」

有生は慶次の驚きように眉を顰めている。慶次はまだドキドキする胸を押さえ、座布団に座り直した。物思いに耽っていたので、リビングに有生が入ってきたのも気づいていなかった。

『有生たまー。ご主人たまは妖魔に襲われかけてナーバスになっているのでありますぅ。有生たまの出した妖魔が、ご主人たまが一番怖い妖魔だったからですぅ』

子狸がぷんぷんしながら文句をつける。

「え……っ」

有生が驚いたように目を見開く。てっきり馬鹿にすると思った有生は、まじまじと慶次を見つめ、すまなそうに頭を掻いた。

「ごめん」

有生の口から謝罪の言葉が出て、慶次はぽかんとした。まさか有生が謝るなんて。

「あーごめん、慶ちゃん。妖魔、怖かった？　幻術とミックスしたから、慶ちゃんの一番怖い妖魔が出てきたはず。何度も妖魔退治してたから、平気になったと思ってた」

素直に謝る有生に、慶次は戸惑いを隠し切れなかった。あの時出てきた妖魔を思い出して鼓動が速まる。確かに妖魔を見て、怖気が走った。それは自分の心の中にあった一番怖い妖魔だったからなのか。だとしても、自分に対してはこんなに素直に謝ってくれる有生が、慶次には不思議でならなかった。

『愛！　でありますぅ。他の人にはあれだけ鬼畜なのに、ご主人たまにだけは優しいなんて……っ。これがいわゆる萌えなのかっ。これがきゅんなのかっ』

子狸が身をくねらせて叫んでいる。

「俺には悪いと思ってるのか？　だったら、他の奴らにもそう思ってくれよ」

慶次がそろそろと身体を近づけて抱きつくと、濡れた髪のまま有生が額をくっつけてくる。

「他はどうでもいい。慶ちゃんにだけは可哀想なことしたと反省してる」

有生がぎゅーっと抱きしめてきて、慶次はその背中に腕を回した。有生が密着したまま慶次を座布団の上に押し倒してきた。鼻先や額にキスされ、慶次は覆い被さってくる有生を見上げた。

「うー。どうしたら俺以外にも、そういう心を持ってくれるのかなぁ」

顔中にキスの雨を降らされ、慶次は悩ましげに呟いた。

「それにお前、どうやってあんな妖魔、呼び出したんだよ？」

キスを続ける有生の鼻を摘《つま》み、慶次は疑問を投げかけた。有生は首をかしげて、慶次の横に肘を突く。

「ちょっと結界の一部を壊して、目こぼしできそうな弱い妖魔を引き込んだ。幻術で強く見せただけで、実際は弱っちい妖魔だよ。クズ典おじさんがびびって裏切り行為に走るほどの妖魔じゃねーし」

あっけらかんと言うが、弐式家の結界を破るのは簡単なことではない。悪いものは入れないように、当主と眷属で守りを固めているのだ。

『当主には教えない情報でも、ご主人たまにはペラペラしゃべっちゃうとこが有生たまは玉に瑕《きず》でありますぅ。キャバクラでほいほい重要秘密しゃべっちゃうおじさんと同じレベルですぅ。ぷぷっ』

子狸が横で笑い出すと、有生がその首を摑み、部屋の隅で控えている狐に向かって投げつける。

「その半人前の姿で馬鹿にされると、すげームカつくわ。こいつ、洗濯機にぶち込んどいて」

有生は巫女姿の狐に言いつける。巫女姿の狐は子狸をひょいと抱え、そのまま部屋を出ていった。子狸の『あーれー』という声が廊下から聞こえる。まさか本当に洗濯機に入れるわけではないだろうが、少し気になった。

「マジで有生。お前さぁ……弐式家を滅ぼせるのかもなぁ」

慶次は起き上がって、寝転んでいる有生を悲しげに見つめた。昔、井伊家の人間が有生を引き込もうと画策したことがある。あの時はそこまで危機感はなかったが、実際弐式家の敷地に妖魔を引き入れたのを見ると、本当に有生が井伊家に行ったら弐式家はピンチかもしれない。

「慶ちゃんが滅ぼしてほしいって言うなら、してあげる」

有生が起き上がって、天使みたいな笑みを浮かべた。邪気のないその笑顔に、慶次はゾーッとして自分の身体を抱いた。

「駄目、駄目、駄目ーっ!!　そんなこと何が起きてもしちゃ駄目だぞっ！」

慌てて有生の身体を揺さぶって言い聞かせた。有生はおかしそうに笑って「青ざめててウケる」と本気で聞いている様子はない。

「マジで駄目だからなっ。はーもう、当主の子どもって下に行くにつれ変になってくのは何でなんだ？　あの赤ちゃんもすごいんだろうか？」

慶次は有生の首にかかっているタオルを奪い、有生の濡れた髪をがしがしと拭いた。有生はこうやって手をかけられるのが嫌いではない。その証拠に嬉しそうに慶次を見つめている。

「慶ちゃん、ここでするのと寝室行くの、どっちがいい？」

有生の手が慶次の頬にかかり、耳朶に伸ばされる。指先で耳たぶを揉まれ、くすぐったくて身を竦めた。

「その前に、俺もシャワー浴びてくる。白狼様に乗ってたとはいえ、けっこう動き回ったし」

有生の雰囲気が色っぽくなったのに気づき、慶次は頬を染めて立ち上がった。昨日は有生と離ればなれで寝ていたので、お互いに抱き合いたい気持ちが高まっている。こんな昼間からやるのはどうなんだという羞恥心もあるが、セックスに開放的な有生とつき合っているうちに、慶次も躊躇《ためら》うことは少なくなった。

「えー。そのままでいいよ。慶ちゃんの匂い、けっこう好きだし」

浴室へ行こうとする慶次の手を握り、有生が強引に引っ張る。

「やだよ、お前平気であちこち舐めるんだもん。いいから、待ってろ」

このまま有生に流されるわけにはいかなくて、慶次は手を払いのけて浴室へ走った。脱衣所には洗濯機も置いてあるのだが、子狸は入っていなくて安堵した。

衣服を脱いで、浴室に入り、シャワーの湯を頭から浴びる。有生は平気そうだったが、やはり討魔師たちの有生への咎めるような視線を思い出すたびにもやもやする。あまり考えても仕方ないが、もし仮に自分に何かあったら、有生はどうなるんだろうかと心配になった。

（いや、それだけじゃなくて、万が一にも有生が当主になったら、弐式家はバラバラになりそう。井伊家に引き抜かれようが、弐式家でトップになろうが有生って爆弾みたいな存在だなぁ）

有生について考え始めると、悶々としてきて、滝行みたいに頭からシャワーの湯を浴びていた。ハッと気づいた時には、背後で浴室の引き戸が開けられていた。

「慶ちゃん、まだー？　遅ぇんだけど」

待ち切れなくなった有生が、シャワーを浴びている慶次に声をかける。物思いに耽っていた自分に気づき、慶次は急いでシャワーの湯を止めた。

「ご、ごめん。ぼーっとしてた。ちょっと待ってて」

急いでボディソープを手のひらに載せて、泡立てる。有生は何を思ったか、再び衣服を脱いで浴室に入り込んできた。

「待ち切れないから俺が洗ってあげる」

有生は全裸になって慶次の背後に回ると、ボディソープを手のひらに垂らして慶次の首から肩へと濡れた手を滑らせた。

「えっ、いいよ、すぐ洗うから」

有生に任せると変な雰囲気になりそうで、慶次は赤くなって身をよじった。案の定、有生は背後から慶次を抱きしめる形で手を前に回し、乳首をぬるついた手で撫でる。

「有生ってば……」

抗議しようと後ろを振り向くと、有生が唇にキスをしてきた。音を立てて唇を吸われながら、乳首を指先で弾かれる。有生の舌が口の中に潜り込んできて、慶次は浅い息を吐きながら舌をそっと差し出した。舌同士を絡めるようなキスが続き、胸元を有生の手が這い回る。何度か乳首を弄られただけで、慶次のそこはぷっくりと尖り、甘い感覚を腰に伝えてくる。

「ん……っ、う、はぁ……っ」

有生と深いキスを交わしながら乳首を弄られると、慶次はすぐにとろんとなってしまう。有生にさんざん開発されたせいで、乳首は慶次の性感帯だ。両方の乳首をクリクリと摘まれると、身体の奥がじんとしてくる。

「乳首、気持ちいいね……？」

慶次の上唇を舐めて、有生が囁く。ボディソープを使っているせいか、乳首をきつく摘まれても気持ちいいだけだ。有生の手は上半身を撫で回し、再び乳首に戻ってくる。指先で弾かれ、徐々に身体が熱くなってきた。

「ん、うん……っ、気持ちい……っ」

口内に入れられた舌で探られるのも心地いいが、やっぱり乳首を刺激され続けるのがもっとも感じる。最初はどうにかやり過ごせた快楽も、執拗《しつよう》に弄り続けられて、腰が時折びくっ、びくっと跳ね上がる。

「慶ちゃんの身体、可愛い。こっちも濡れてる」

有生は胸元から手を下ろし、慶次の性器に絡める。慶次の性器は乳首への愛撫でそり返っていて、先端から先走りの汁を垂らしていた。袋から性器の先端まで優しく揉まれ、慶次はもどかしくなって震えた。

有生と抱き合うようになり、乳首が感じるだけでなく、もっと身体の奥を弄られたいという欲望を持つことになった。今の慶次は、有生のせいで身体の奥に男を受け入れる悦びを知ってしまった。時々文句を言いたくもなるが、有生の度を超した愛し方を知っているので、あまり強くも言えない。

「有生ぇ……、お尻、も……」

性器や太ももの付け根辺りしか触ってくれない有生に焦《じ》れて、慶次は甘い吐息をこぼしてねだった。有生は嬉しそうに笑って、慶次の首筋をきつく吸う。痛いくらいに吸われて、首元に痕を残された。

「ほーんと慶ちゃんってエッチの時はエロい顔するよねー。マジでその顔見るだけで、勃起するんだけど」

慶次の乳首を指先で撫でつつ、有生が硬いモノを背中に押しつけてくる。有生の性器はとっくに勃起していて、慶次は目元を赤く染めた。恥ずかしい話だが、有生の性器が硬くなっているのを感じると、それで何度も突かれた記憶が蘇《よみがえ》って、身体が熱くなる。

「今、入れられたとこ、想像したでしょ？　あーすっげ可愛い。今日、どこまで入れる？　久しぶりに、すごい深いとこまで入れてあげよっか？」

有生は勃起した性器を慶次の尻のはざまに押しつけ、大きな手で慶次の腹を撫でてきた。へその下辺りをぐーっと押され、慶次は甘い痺れを感じて足を震わせた。

「いつもこの辺まで入ってるの……分かる？　結腸まで入れる……？」

有生が耳朶に唇を押しつけて、淫靡な動きで慶次の下腹を押さえてくる。たかが腹を触られてるだけなのに、痺れるような疼《うず》きが身体の奥に起きて、目が潤んだ。

「は……っ、は……っ、駄目、そ、そこまでは入れないで……っ」

上擦《うわず》った声で慶次は首を振る。以前結腸まで性器を入れられた際、おかしくなるくらい感じてしまった。過ぎた快楽は苦しくて、とてもじゃないがまたやる気にはなれない。

「結腸責めした時、よがり狂ってたもんね。お腹押すの気持ちいい……？　奥を開発すると、腹の上から触るだけでイけるようになるんだって。慶ちゃんならできるかもね。そうしたら、外にいても、他人の前で服を着ていても、慶ちゃんのことイかせてあげられるね……？」

耳に舌を差し込んで囁かれ、慶次はカーッと全身に熱が浸透して身悶《みもだ》えた。腹を触るだけで絶頂に達することなどあるのだろうか？　そんなの絶対あるわけないと思うが、もし本当にそんなふうになったら……。想像したとたん、鼓動が速まり、奥がずくんと疼いた。涙が滲み出るくらい恥ずかしいのに、息が荒くなり、有生にもたれていないと立っていられなくなる。

「想像しちゃった……？　皆の前でイっちゃう慶ちゃん、きっとすごいエロいよね」

興奮した顔つきで有生が腹を撫で回す。気のせいじゃなく、下腹をぐりぐり押されると気持ちよくなってきて、ひどく焦った。いつの間にこんなにいやらしい身体になってしまったのだろう。羞恥心で涙がこぼれる。

「あーごめん。泣いちゃった……？　はーマジでエロすぎ。あーすぐ入れたい」

有生は慶次の泣き顔を見て息を荒らげ、濡れた指を慶次の尻に潜らせた。中指が根本まで入ってきて、内部を探るように動き回る。慶次は息を喘がせ、腰をひくつかせた。有生の指はすぐに慶次の感じる部分を探り当て、指先で強く押してくる。

「あ……っ、は……っ、はぁ……っ、や、ぁ……っ」

そこは最初固く閉ざしていたが、有生が指で刺激を続けると柔らかくほぐれていく。何よりも前立腺を押されると気持ちよくて、慶次は甘く喘ぐことしかできなくなる。

「ま、待って、有生……っ、あ……っ、あ……っ」

指でぐちゃぐちゃと内部を弄られているうちに、慶次は立っているのがつらくなって壁のタイルに手を突いた。久しぶりのせいか、感じるのが早くて、指で愛撫されているだけで射精しそうになっていた。

「もうイきそう？　獣耳出てきた。いいよ、出しても」

慶次の状態を観察して、有生が指の動きを速くする。討魔師になってから性行為の最中に理性を飛ばすと、獣の耳が出てくるようになった。いつの間にか指が増やされ、内壁を拡張される。

「や、やだ……っ、指じゃ、やだぁ」

このまま有生に指でイかされたくなくて、慶次は涙目で有生の手を掴んだ。どきりとしたように有生が動きを止め、興奮した息を吐きかけてくる。

「まだ入らないでしょ、今入れたら痛いよ。慶ちゃんが痛いのは駄目」

尻穴の入口辺りで指を広げ、有生が言う。

「で、でも指でイきたくない……っ、有生の、入れてくれよ……っ」

一人だけ達するのが嫌で、慶次はねだるように見上げた。涙目で見つめたのが有生にヒットしたのか、「その顔、反則」と赤くなった顔で睨まれた。

「じゃあちょっと待って、入口広げる……」

有生が珍しく真面目な顔つきになって、慶次の尻の内壁を広げていく。両脚を広げて、尻を突き出す体勢にされ、強引に入口を広げられる。ボディソープを増やされたせいか、有生の指の動きでいやらしい音が響き渡る。感じる場所から指が離れたので、慶次は息を整えて快楽を逃がすことができた。

「ちょっと苦しいかな……。俺も我慢できなくなってきたから、入れるよ?」

三本の指が入った時点で、有生がふーっと熱い息を吐き出して言った。慶次が熱い身体を厭いつつ頷くと、有生が勃起した性器の先端を尻の穴に押し当ててきた。

「大丈夫、だから……っ」

先端の部分で尻穴を刺激されて、慶次はびくびくと身悶えた。有生は息を整えるようにして、ぐっと先端の部分を慶次の内部にめり込ませる。

「あー、ちょっとキツいな……。でも気持ちいー……」

有生が性器を支えながら、呟く。狭い身体の奥に有生の性器が徐々に潜り込んでくる。大きくて長い有生の性器が入ってくると、苦しくて、それでいてじんとした疼きもあって、慶次はタイルにすがりついて荒い呼吸を繰り返した。

「ひ……っ、は……っ、は……っ、あぅ」

ずぶずぶと有生の性器が中ほどまで入ってくる。有生はそこで一度動きを止め、背後から抱きしめるようにしてきた。慶次は必死に息を吐き出し、肩を揺らした。

「有生……、立ってるのつらいぃ」

奥に有生を銜《くわ》え込んだまま立っているのが苦しくて、慶次ははぁはぁと息を荒らげつつ言った。有生は前に回した手で腰を支え、耳朶やうなじにキスをしてくる。

「がんばって。支えてるから。でも俺、慶ちゃんの足がぷるぷるしてるとこ見るの好きかも」

有生はぐっと深い場所まで性器を押し込み、薄く笑う。奥を突かれた衝撃で、慶次は「あっ、あっ」と甲高い声を上げた。

「ひぃ……、はぁ……、は……っ、はひ……っ」

有生の性器が中にあると、どうしても息が乱れてしまう。頭はぼーっとするし、全身は発汗するし、繋がったところから溶けていくようだ。

「馴染《なじ》むまで待つけど、あんま我慢できない……。慶ちゃんの中、気持ちよすぎ」

慶次の背中を撫でて、有生が囁く。慶次は必死に荒い呼吸を繰り返し、圧迫感を逃がそうとした。馴染んだ身体は少し経てば、有生の性器を受け入れる。徐々に苦しみが減り、代わりに疼くような感覚が襲ってきた。

「もういいかな……」

慶次の状態をいち早く見抜き、有生が軽く腰を揺さぶってくる。トンと奥を突かれ、慶次は快楽に襲われて喘ぎ声を上げた。いつの間にか有生にも獣耳が出ていて、興奮しているのが分かった。

有生は軽く腰を律動しつつ、前に回した手で、慶次の下腹を押さえた。

「ほら、ここまで入ってるの分かる……？」

有生が意地悪く腹を押しながら言う。慶次は鳥肌が立って、腰をひくひくとさせた。腹に当て

た手で優しく押されて、「あっ、あっ、あっ」と甘い声が漏れた。

「中と外から刺激されると、気持ちいいでしょ」

耳元で囁かれ、慶次は動揺して身体を震わせた。有生の言う通り、中で性器が揺れるのに合わせて腹を押されると、深い快楽が背筋を這い上った。

「やぁ、有生……っ、待って、気持ちい……っ、あ……っ、あ……っ」

甲高い声を放ち、慶次はタイルに腕を押しつけた。気持ちよすぎて中に銜え込んだ有生の性器を締めつける。

「う……っ、今、危なかった……、はぁ……。慶ちゃん、名器すぎ」

有生が熱い息を吐き出し、ぐりぐりと性器を奥に押しつけてくる。慶次はその動きでびくびくと腰を震わせた。内部が有生を受け入れ、熱く溶かしていくのが分かる。先ほどまであれほどきつかったのに、今は有生の性器に内壁が絡みつくようだ。

「お腹、気持ちいいの覚えてね」

有生は息を整えて言うなり、慶次の下腹を押さえながらピンポイントで奥の感じる場所を性器で突いてきた。容赦なくごりごりと性器で弄られ、急速に息が上がっていく。

「や……っ、やぁ……っ、あぁ……っ、駄目、イっちゃう、イ……っ」

強引に内部を突かれ、慶次は上擦った声を上げて身をくねらせた。覚えのある快楽の波が迫ってきて、獣じみた呼吸が口から漏れた。有生の手でぐーっと腹を押されて、引きずられるように絶頂に上らされた。

「あああ……っ!!」

気づいたら白濁した液体が壁のタイルに向かって吐き出されていた。目がチカチカして、濡れた身体が熱くなっていた。壁にぶちまけられた精液は、床に垂れていく。

「ひ……っ、は……っ、はぁ……っ、は……っ」

有生は慶次が達したのを見て、動きを止めて腰を支えてくれる。慶次がぐったりして足をふらつかせると、繋がったまま抱え込むようにして、床に膝をつかせてくれた。

「はぁ……っ、はぁ……っ」

慶次が床に手足をつけた状態で必死に喘いでいると、有生が慶次の腰を抱え上げる。

「慶ちゃん、俺まだだからもうちょっとがんばってね」

有生はそう言うなり、激しい動きで奥を突き上げてきた。まだ事後の余韻が身体の奥に残ったままで、慶次は「ひあああっ」と嬌声《きょうせい》を上げた。

「待って、ま……っ、あああ……っ!」

腰を押さえつけながら、後ろから有生にガンガン突き上げられる。快楽が収まるどころか、さらに深くなっていって、慶次は床に肘を突いて浴室内に響き渡る声を漏らした。

「あーすげー気持ちいー……っ、そんな締めつけんなって……、すぐイっちゃう」

有生は慶次の奥を犯しながら、どこか嬉しそうに言う。有生の息も荒いが、慶次の息もうるさいくらいだった。有生の性器はどんどん深い奥を突いてきて、突かれるたびにあられもない声がこぼれる。性器を出し入れする音も卑猥だし、互いの喘ぎも理性を奪う。

「はー、出る……っ、慶ちゃん、出すよ……っ」

有生の動きがピークを迎え、突き入れる動きも激しさを増した。慶次はすでにしゃべれる状態ではなくて、甲高い声をひっきりなしに漏らすことしかできなくなっていた。

「やあああ……っ!!」

少し乱暴なくらい奥を突かれて、慶次はのけ反って悲鳴じみた声を上げた。有生が荒々しい息遣いで、慶次の奥に精液を吐き出してくる。奥に液体が注がれるのを感じ、慶次は身悶えて身震いした。

「はー……っ、あー興奮した……っ」

有生は数度腰を揺らし、上擦った声で慶次の腰を撫で回してきた。ようやく嵐のような動きが止まり、慶次は息も絶え絶えで身体の力を抜いた。有生が腰を引き抜き、奥に入っていたものがずるりと抜け出る。

「腰、抜けちゃった? 寝室行こうね。連れてってあげる」

慶次が浴室の床にぐったりしゃがみ込むと、有生が機嫌のよい顔でシャワーの湯を全身に浴びせてきた。慶次の尻の穴からは、有生の出した精液がこぼれ出ている。肩を上下する呼吸が収まらず、慶次はびくり、びくりと痙攣《けいれん》した。有生は丁寧な手つきで、慶次の身体を綺麗にする。されるがままになり、慶次は思考を放棄した。

「久しぶりだからたくさんしよう。慶ちゃんがお腹で気持ちよくなれるって分かったから、こっちも開発しようね」

悪魔のような笑みを浮かべ、有生が慶次を抱き上げてくる。静かな恐怖を感じ、慶次は顔を引き攣らせるばかりだった。


その日は途中で食事休憩を挟んだものの、深夜まで有生と抱き合う羽目になった。有生の絶倫ぶりには毎回呆れる。つき合わされる慶次も体力はあるほうだが、ふだん運動をしているように見えない有生の底なしの体力が不思議でならない。

最後はシャワーを浴びる気力もなく眠りに落ち、翌朝、窓からの日射しで目を覚ました。布団はぐちゃぐちゃに乱れ、有生は慶次に足を絡めてまだ寝ている。枕元の時計を見ると、午前九時を回っている。

「有生、起きろ」

無性に腹が空いてきて、自分に絡みついている有生を揺さぶって慶次は起き上がった。互いに全裸で、身体のあちこちに乾いた精液がこびりついている。二の腕や太ももの内側にはキスマークがたくさんあるし、この調子では見えない部分にもたくさん痕を残されただろう。

寝室に巫女姿の狐が入ってきて、慶次は「おはよー」と声をかけた。

『弐式耀司がこちらに向かって参ります』

巫女姿の狐に報告され、慶次はぎょっとして飛び起きた。耀司が来る!?

「ゆゆゆ、有生! 耀司さんが来る!」

慶次は有生の身体を激しく揺さぶり、その耳に向かって大声を上げた。

「うー……?」

有生は半分寝ぼけていて、慶次の衝撃に気づいていない。こうしてはいられないと、慶次は寝室を飛び出して浴室に駆け込んだ。頭からシャワーを浴び、身体の汚れや匂いを取り除く。急いでこの情事の痕跡を消さねばと素早く身体を洗ったが、髪を洗う前に玄関のほうからチャイムが鳴る音が聞こえてきた。二度、三度と鳴るが、有生が出迎える気配はない。

「耀司さん! お待たせしました!」

猛スピードで身体を洗いTシャツと短パンに着替えて、慶次は玄関へ駆けつけた。髪はびしょ濡れだし、服も乱れているが、耀司を待たせるわけにはいかなくて、慶次は引き戸を開けた。

「ああ、慶次君。よかった、まだいたね」

耀司はシャツにズボンというラフな服装で、爽やかな笑みを浮かべている。

「シャワー浴びてたんで、遅くなってすみません」

慶次はぽたぽた垂れてくる髪の滴をタオルで拭い、内心の焦りを隠して言った。玄関先で話していると、のそのそとした様子で、有生が廊下から現れる。嫌な予感を感じて振り返ると、有生はパンツ一枚の姿だった。

「ゆゆ、有生！　せめてズボンを穿け！」

いかにも事後みたいな様相でやってきた有生に赤くなり、慶次はせめて有生の姿を見られないようにと耀司の視線の前に立ちはだかった。

「まだ九時じゃん。何か用？」

有生は大きなあくびをして、寝癖のついた頭を掻いている。

「勝者の権利を行使しようと思ってな」

耀司はパンツ一枚の有生を見ても特に何とも思わないようで、ちらりと巫女姿の狐を見やる。

「あ、どうぞ中へ。いいよな？　有生」

玄関先で話すのもどうかと思い、慶次は耀司に声をかけた。念のため有生にも確認を取ったが、あくびをしながら勝手にしろと手を振られた。耀司は花見の宴で勝った代わりに、有生に頼み事をするらしい。一体どんな望みだろうと気になった。

有生には着替えてから来いと言い渡し、慶次は耀司とリビングに向かった。リビングのテーブルには朝食が用意されていて、慶次は腹が減っていたのを思い出した。同時に慶次のお腹がぐーっと鳴る。

「まだ食べていなかったのか？　悪かったね、食事をしてくれ」

耀司が小さく笑い、慶次は赤くなりながらもテーブルについた。巫女姿の狐は耀司にお茶とお茶菓子を出し、慶次にはほかほかのご飯と味噌汁を運んでくる。朝食は焼き魚に茄子の煮浸し、豆腐にサラダが用意されている。空腹には耐えられず慶次は耀司の前で食べ始めた。

「……毎回驚かされるが、有生の世話をする狐たちはほとんど人間のように働けるのだな」

耀司は膳を運ぶ巫女姿の狐を見やり、ぼそりと呟く。

「あ、やっぱり耀司さんも驚くんですね？　俺、最初っからこうだったから、討魔師は皆、眷属の部下に身の回りの世話をやらせてるのかと思ったんですけど。ちなみに子狸には無理って言われました」

焼き魚を咀嚼《そしゃく》しながら、慶次は目を丸くして言った。

「こんな境遇《きょうぐう》なのは有生だけだと思う。おそらく狐は化けるのが上手いから、できる技だろうね。有生は規格外だから、これに慣れるととんでもないよ」

耀司に真面目な口調で言われ、いかに有生が常識外れか痛感した。一応狸も化けるのは得意なはずだが……。

『ふー。ご主人たまー、ただいま戻りましたぁ』

耀司と話していると、子狸がつやつやした毛になってスキップしてリビングに入ってきた。

「子狸、今までどこにいたんだ？」

味噌汁を啜《すす》りつつ聞くと、子狸がふさふさになった尻尾を見せびらかして、胸を張る。

『狐さんたちにエステ受けてましたぁ。全身磨かれて、おいら美アップですぅ』

子狸は狐たちに歓待されていたようで、嬉しそうに頬を赤らめている。有生は洗濯機にぶち込めと言っていたが、要するに綺麗にしてもらっていたらしい。

『おやぁ、耀司たま、ちっこいの連れているではないですかぁ』

何かに気づいたように、子狸が耀司の背後を覗き込む。慶次が首をかしげると、耀司の背中に隠れていた小さいものがひょっこりと顔を出した。二頭の子狼だ。一頭はグレーの毛並みで、もう一頭は黒い毛並み。まだ生まれたてと思《おぼ》しき子狼が、警戒するようにこちらを窺っている。

「か、可愛いーっ」

食事中だった慶次は、子狼の可愛さに胸を打たれ、目がハートになった。耀司は苦笑して二頭の子狼を両手に持つ。

「眷属になりたての子たちだ」

耀司が二頭の子狼を持ち上げて言う。つぶらな瞳にまだ小さい身体。これがいずれ白狼のように雄々しくなるのかと思うと、胸がときめいた。眷属でなければ抱っこさせてくれと言っていただろう。

「その子狼は……」

慶次が箸を止めて身を乗り出すと、急に子狼たちの毛が逆立って、ふーふーと息を荒らげる。

「何、そのちっこいの」

不機嫌そうな声と共に有生がリビングに入ってきた。子狼たちは有生に怯えるように耀司の後ろに隠れる。

「こら、お前が物騒な気配を出すから隠れちゃったじゃないか」

慶次が怒って言うと、有生が「へーへー」と適当に返事をして慶次の隣に腰を下ろす。すかさず巫女姿の狐が有生のためのご飯と味噌汁を運んでくる。有生が物騒な気を引っ込めると、耀司の後ろに隠れていた子狼が再び顔を覗かせた。

「有生に何をしてもらおうか悩んだんだが……」

耀司は二頭の眷属をちらりと見て、苦笑した。

「本当はこの子たちを預かってもらおうと思っていたんだ。まだ見習いの眷属だ。有生の傍で働かせれば飛躍的に能力を伸ばせるんじゃないかと思って」

耀司がそう言ったとたん、子狼たちが小さいながらも有生に対して威嚇《いかく》のポーズを取った。有生は完全無視で、魚の骨を取っている。

「へー。別にいいけど」

有生は眷属を預かること自体は嫌ではないらしい。だが子狼たちの様子を見ると、打ち解けるには時間がかかりそうだ。

『ぷぷぷ。この子たち、有生たまが怖いみたいですぅ。おいらも最初は有生たまが怖かったので気持ち分かりマッスル』

子狸は子狼の気持ちが分かるようで、短い腕を組んで、うんうんと頷いている。

「いや、そう思ったんだが、まだ有生に預けるには小さすぎたみたいだ。代わりに慶次君、預かってくれないか?」

耀司がくるりと慶次に向かって言いだし、子狼を差し出してくる。いきなり指名されて、慶次はびっくりして箸を落とした。子狼は慶次にはつぶらな瞳を向けてくる。

「え? ええっ? 俺? 俺なんかが預かって大丈夫なんですか? 子狸も最近やっと一人前になったとこですよ?」

ぽーっと頬を赤らめ、慶次は声を上擦らせた。口ではそう言いつつ、耀司から頼み事をされて心が浮き立っていた。しかも大事な眷属を預かるなんて大役だ。

「最初はまともな環境のほうがいいと思ってね。勝者の権利は、慶次君に子狼を預けることを有生に許可してもらう、にしよう。どちらにしろ、君のとこで預かってもらえたら、有生ともかかわることになるだろうし」

「えーっ、いや、俺は光栄ですけど!」

慶次は照れつつ、身を乗り出した。

「でも耀司さんがすればいいのでは? 本当に俺が預かって大丈夫なんですか?」

耀司から子狼を受け取り、慶次は頬を弛めて聞いた。小さくても狼の子どもだ。見ているだけでわくわくする。

「すでに何頭か子狼を俺の傍で働かせているんだ。子狼が増えて、俺のところだけでは仕事がなくてね。慶次君に任せれば安心だよ」

耀司の説明に納得がいき、慶次は子狼を抱きしめた。

「そういうことなら俺！　全力で子狼を育てますからっ！　俺に任せて下さい!!」

興奮して大声を上げると、有生が「キモすぎ案件」と呟く。張り切っている慶次が気に食わないのか、有生は皮肉げに唇を歪める。

「なーんだ、俺には預けないんだ。てっきり監視目的かと思ったよ」

目を細めて有生が耀司を見据える。ふっと有生と耀司の間の空気が張り詰めたのに気づき、慶次は動揺して子狼を抱え込んだ。監視目的とはどういう意味だろう？

「そうしろという討魔師がいるのは否定しない」

有生の視線を真っ向から受け止めて、耀司が表情を弛める。二人の間に流れる空気についていけず、慶次は息を呑んだ。さっきから何を話しているのだろう？

「ともかく有生、そういうことでいいな？　慶次君。半年ほど、子狼たちをよろしく頼むよ。如月さんにも話してあるから、この子たちに仕事を振ってやってくれ」

耀司は何事もなかったように有生と慶次に向かって微笑みかけ、すっと立ち上がった。有生に勝った権利を、こんなもので消化するなんてもったいない気がするが……。耀司なりの、昨日の勝利を手放しで喜べないという意思表示かもしれない。

「じゃあ、よろしくね」

耀司が去っていき、二人きりになると、慶次は気になって有生を振り返った。

「な、なぁ？　今の会話、何？　監視目的ってどういうことだよ？」

慶次が困惑して聞くと、有生は茄子を口に放り込む。

「危険人物の俺に監視をつけろって、ベテラン討魔師が言ってるって話。狐から報告された。子狼に俺を監視させるのが目的じゃないかって」

「ええええっ!!」

慶次は腰を浮かせて叫んだ。手から子狼が滑り落ち、子狸の横に並ぶ。

「まぁ耀司兄さんはそれはやめたみたいだけど。残念だなぁ。俺に預けたら、そいつら扱《しご》きまくろうと思ってたのに」

にやーっとして有生が子狼たちを見下ろす。子狼たちは毛を震わせて、また威嚇の体勢になった。

花見の宴で有生とベテラン討魔師に溝があると分かったが、有生を監視するべきとまで言い出すとは思わなかった。慶次の想像以上に、事態は深刻かもしれない。

『お前らは今からおいらの子分だっ。これからおいらの言うこと、しっかり聞きやがれ。返事はハイ！　それ以外は認めぬぅ』

子狸は子狼の前ですっかり親分になり切っている。それに対する子狼の態度は、『ハイおやびん』という舌足らずなもので、子狸は調子に乗って腹を膨《ふく》らませている。

『くぅ、おいらにとうとう子分が！　感激！　お前ら、おいらの背中を見て学ぶべしっ』

子狸は子狼に向かって興奮して飛び上がる。そのまま『腹踊りはこうだっ』と子狼の前で踊り出したので、慶次は顔を引き攣らせた。

(有生が無害だってどうやったら分かってもらえるかなぁ……。いや、無害、ではないか。でも有生は眷属を憑けている限り裏切らないのに)

食事する有生を見ていると未来に不安を覚え、慶次はため息をこぼした。

有生のことはともかく、大事な眷属を二体も預かったのだ。しっかり育てようと決意し、慶次は残りの朝食を平らげた。

■3　隣人は謎のある人でした

休暇が終わり、慶次《けいじ》が自宅のマンションに戻ったのは、夜遅くだった。高知からの長距離移動の末に誰もいないマンションに戻ると、たまに寂しさを感じる。だが今日は、子狸に加え、子狼が二体いたので、寂しさとは無縁だった。

初めて慶次のマンションに来た子狼たちは、きょろきょろして部屋中を見て回る。子狸が自分の家のように『ここがキッチンで……』と部屋案内をしているのがおかしくてたまらなかった。

『何か……しょぼい』

『うん、中の下だね』

歯磨きして寝ようとしていると、子狼たちが小声で話しているのが聞こえてしまった。しょぼい、中の下と言われて、ショックを受けた。確かに弐式《にしき》家の清浄さに比べると、慶次のマンションはいまいちだ。一応神棚はあるが、家を空けることも多いので、清浄な空気とまでは言えない。

『ご主人たま、落ち込まないで下さいですぅ。あいつらにはよく言い聞かせておくでありますからぁ。あ、でも現実は受け止めるべきでありますよぉ。中の下とか、的確すぎですぅ』

子狸は最初慶次を慰めてくれていたが、子狼たちの評価がツボに入ったのか笑っている。それに腹が立ち、慶次は子狸を睨《にら》みつけた。

「お前もそう思ってたなら、よいほうにアドバイスしてくれよ。具体的に何が駄目？　俺の部屋、空気が淀んでるのか？」

洗面所で子狸とこそこそ話していると、子狼たちが気になった様子で覗《のぞ》いてきた。狭い家なので、隠れる場所もない。子狼の前で自分の駄目なところを聞くのが嫌で、慶次は何事もなかったそぶりで布団を敷きに行った。

その日はスマホをチェックして眠りについた。子狼たちは身を寄せ合って眠っている。

目覚まし時計の音で目を覚ますと、慶次はいつものようにトレーニングウェアに着替え、朝食の前に走りに行った。和歌山城《わかやまじょう》公園までの道を軽く走っていると、子狼たちも並んで走っている。他の人には見えないが、狼と一緒に走っている自分が誇らしくて、慶次は表情を弛《ゆる》めた。ふと見ると、和歌山城公園ではゴミ袋を持った人がたくさんいて、ゴミ拾いの活動をしているようだった。

「あ、慶次君」

自販機の前でスポーツドリンクを飲んでいると、聞き覚えのある声がした。ゴミ袋にゴミをいっぱい入れた柊也《しゅうや》が近づいてくる。

「おはよう。ゴミ拾いしてるのか？」

汗を拭きつつ聞くと、柊也は照れたように頷《うなず》く。
「地域のボランティア活動に参加してるんだ。駅からここまでの道を綺麗にしてきたよ」
にこにこして言われ、慶次は衝撃を受けた。いい人だとは思っていたが、ボランティア活動まで
でしているなんて、すごすぎる。というか、ボランティア活動をしている友人なんて初めてで感
動した。自分は何もしなくていいのだろうかと、不安になったほどだ。
「柊也ってすげーな。俺も何かの役に立たなきゃと思いつつ、ボランティア活動とかやったこと
ないよ」
柊也に比べ、自分の不甲斐《ふがい》なさが恥ずかしくなり、慶次はうなだれた。飲み終えたスポーツド
リンクの容器をゴミ箱に入れて、自分の両頬を軽く叩く。つい比較して落ち込んでしまったが、
自分には自分の生き方があるのだと考え直した。
「そんなことないよ、俺のは……。でも今度、よかったら一緒に何かしようよ。慶次君と一緒な
ら楽しそうだ」
柊也は偉ぶるわけでもなく、はにかんで笑う。ふとその視線が下に向く。
「今日は小さい狼を連れているんだね。君の傍《そば》にはたくさん神聖なものがいてすごいなぁ」
ほうっと吐息と共に言われ、慶次はどきりとした。子狼たちは、柊也と目が合うと、ぴゅっと
逃げ出して慶次の背中に貼りつく。
「お前、やっぱり視《み》えるのか？」

慶次が息を呑《の》んで聞くと、それを遮るように、ボランティア活動の主催者らしき人の号令がかかる。柊也は「また今度ね」と言って、ゴミ袋を抱えて行ってしまった。

柊也を待っていようかとも思ったが、まだ活動は続くようだったので、慶次はランニングを続けることにした。

「子狸、俺もボランティアとかしたほうがいいのかな？」

走りながら慶次は肩に乗っている子狸に尋《たず》ねた。子狸はひょいと顔を上げ、短い人差し指を軽く揺らす。

『ご主人たまー。ボランティア活動は徳を積む行為ですぅ。でも残念ながら、下心があってやると徳は積まれませぇん。ご主人たまが純粋に人の役に立ちたいと思ってやるなら止めませんが、ドジっ子に負けじとやったり、徳を期待してやったりしても、徳は積まれないですぅ』

子狸にはっきり言われ、慶次はぎくりとした。まさに子狸の言う通り、一般人の柊也がボランティア活動をしているのに、討魔師である自分が何もしなくていいのかと思って、ボランティア活動をしようかと考えていた。確かにボランティア活動は誰かや何かのためにやるものだ。邪《よこしま》な考えでやるものではない。

「うー。生きるって難しいな……」

先日も節約について考え方が間違っていると指摘されたばかりだし、慶次は自分が討魔師として見当違いな考えで生きてきたというのを感じていた。これまで自分は善人で、まっとうに生きているると思っていたのに、蓋を開けてみれば子狼が言っていたような中の下の人間であると思わざるを得ない。

『ご主人たまはまだ若いので親の生き方や教えに染められているところがあるのですぅ。初めて会った日に比べて、ご主人たまの魂《たましい》はどんどん輝きを増しているので、安心して下さいですぅ。ご主人たまが輝けば、おいらも輝くので、運命共同体でありますね』

子狸に慰められ、慶次も気を取り直した。こうしてみると、慶次のもとへやってきてくれる眷属が半人前の子狸だったのも頷ける。柊也と比較して落ち込むより、過去の自分よりよくなっていると自分を褒めるほうがいい。

「よしっ、今日は気合いを入れてもう少し走ろう！」

慶次は自宅のマンションを通り過ぎて、さらに距離を伸ばした。子狼たちも走るのは楽しいのか、嬉々《きき》として慶次についてくる。調子に乗って走っていると、仕事に出るための支度をする時間になっていて、急いでマンションに戻った。

その日は午後から如月《きさらぎ》と仕事があり、大阪の廃ビルを浄化したり、悪霊つきの人から悪霊を祓《はら》ったりと奔走《ほんそう》した。一週間ほどは柊也と話す時間もなく、不定期な仕事をしていた。如月は子狼の話を聞いていて、簡単な仕事を任せたりもしてくれる。子狼はまだ半人前だが、憑《つ》きもの落としは得意作業で、子狸も唸《うな》るほど上手《うま》く悪霊を追い払ってくれる。

「ところで如月さん、先日の花見の宴《うたげ》のことなんですけど」

仕事の合間に一緒に食事をする機会があった際、慶次は思い切って如月に切り出した。如月は三十代前半のひょうひょうとした男性で、黒髪を後ろで一つに縛っている。目が開いているかどうかよく分からない糸目の持ち主で、口元にいつも笑みを浮かべているが、何を考えているかわかりにくい人物だ。

「はいはい」

回転寿司屋で向かい合ったテーブル席に座った如月は、ひょいひょいと寿司の載った皿を取りながら頷く。

「あのー、俺が思う以上に有生《ゆうせい》と上の人たちが不穏な感じで。大丈夫なんでしょうか？」

マグロの載った皿を取りつつ、慶次は如月を窺《うかが》った。

「あーまーねー」

如月は小皿に醤油を垂らし、イカやコハダの刺身をもぐもぐとする。次に続く言葉をじっと待っていると、如月が苦笑した。

「心配しなくても、曲がりなりにも皆討魔師だから、陰で有生の悪口を言うとかはないよ。まぁ当主へあの悪童を諫《いさ》めるべきという意見は多数寄せられたけど」

如月は軽い口調で答える。ホッとした反面、当主には文句を言う討魔師も多いのだと知り、胸を痛めた。

「有生の評判を気にするのは無駄な行為だよ。あの有生が、自分を改める日が来るとは思えない。

言えば言うほど、逆にひどくなるのが関の山。君に関しては有生の命綱として討魔師の間では広く知れ渡っている。斎川《さいかわ》なんかも、何であの子を有生はそんなに気に入っているんだと不思議がっていた」

「は、はは……」

斎川に不思議がられていたとは知らず、慶次は顔を引き攣《つ》らせた。

「まぁ、妖魔を呼び出したのは俺も驚いた。どうやったんだろう？」

「あ、それは結界の一部を壊したって言ってました」

慶次がさらりと答えると、如月の顔が珍しく、くしゃりと歪《ゆが》む。

「怖いねぇ。アイツそんな真似ができるのか。当主には言わないのに、君にはさらっと答える辺り、それほどの秘密じゃないのかな。有生のことは放置が一番だよ。まぁ、万が一にも弐式家の次期当主になりたいとか言い出したら、全力で止めるけど」

如月は冗談めかして言っているが、慶次としては恋人の評判の悪さは捨て置けないものだった。とはいえ、有生の評価を上げるのは至難の業《わざ》だ。

「ハハハ、皆、有生の才能については認めてる。それでいいじゃない」

慶次が目に見えて落ち込んでいるのがおかしいのか、如月はぽんぽんと慶次の頭を叩いてくる。ため息をこぼしつつ、慶次はイクラの軍艦を口に運んだ。ふっと気味の悪い感覚が肌を触ってきて、慶次は通路に目を向けた。店内にいたカップルの女性が、慶次のいたテーブルの横を通り過ぎたのだが、その背中に薄気味悪い男の幽霊がくっついていた。

「うぎゃ……っ」

久しぶりに間近で悪霊を視てしまい、慶次はイクラの軍艦を呑み込んだ。暗い気分になったせいか、悪霊が近くを通りかかった。遠くにしかいなかった存在が間近にいて、慶次は鼓動を速める。

「どうした？」

怯える慶次に気づき、如月が目を細める。悪霊の存在に気づいたのか、如月は首をかしげた。

「和葉《かずは》のお守り持っていたんじゃなかったっけ？　あれがあれば、近くに寄ってこないはずなんだけど」

窺うように聞かれ、慶次は首から下げていたお守りを服から取り出した。

「もちろん、肌身離さず持ってます！」

如月の弟の来栖《くるす》和葉は、伊勢神宮《いせじんぐう》の神職の仕事をしている。初めて会った際に強力なお守りをくれて、それがあれば悪霊が寄ってこないので重宝している。如月に霊を視えるようにしてもらってから、逆に視えすぎて困るという状態に陥《おちい》ったせいだ。

「あ、でももらったのって去年の六月半ばなんだよなぁ。あと一カ月くらいで効力なくなるかも」

お守りをよく見ると少し薄汚れている感じがして、慶次は眉を下げた。まだ一年経っていないが、効力は薄れているかもしれない。

「あー。これはもうそろそろ限界だね。今度和葉に頼んで新しいお守り用意してもらうよ」

如月は慶次のお守りをしげしげと眺めて、請け負ってくれた。慶次は感激して、よろしくお願いしますと頭を下げた。

如月との仕事を終えた後、慶次は久しぶりに実家に帰ることにした。

慶次の実家は県内でも過疎地域になっている辺りにある。家の近くを歩いていると田んぼか草むらしかないし、街灯も少ないので夜道の女性の一人歩きは推奨されない。人間にとっては不便極まりない場所だが、子狼たちにとっては心地よいらしく、楽しそうに駆け回っている。

「ただいまー」

夜九時を回った頃に実家の玄関を開けると、慶次は奥に向かって声をかけた。

「お帰り、慶ちゃん」

最初に顔を見せてくれたのは、エプロン姿の兄の信長《のぶなが》だった。兄の顔を見るなり、子狼たちが毛を逆立てて威嚇《いかく》し始める。兄は慶次より霊感があるので、子狼の姿は視えなくても何かがいるのはすぐに察知した。

「え、何?」

兄が怯えたように身を竦める。慶次はじっと信長を見つめ、その背中に髪の長い女がまとわりついているのを確認した。最初は悪霊かと思ったが、これは生きている霊だ。兄は以前もバイト先で女性に執着されて生き霊を背負っていた。同じ霊かと思ったが、違う人物のようだ。

「兄貴、また生き霊憑けてるぞ。前回と似たような女性……。何で兄貴はそういう女に好かれまくるんだ？」

慶次が顔を顰《しか》めて言うと、信長が途方に暮れたようにため息をこぼす。

「多分、新しく来たオーナーだと思う……。オーナーだから強く言えなくて……」

困った顔で信長はリビングに戻っていく。その後ろについていくと、リビングのテレビの前には父と母がいた。二人とも煎餅を囓《かじ》りながら「お帰り、慶次」と声をかけてくる。

ダイニングテーブルの上には兄の作った夕食が用意されていた。肉が食べられなくなった慶次のために、煮魚や野菜中心のおかずばかりだ。信長がいそいそとごはんをよそってくれて、慶次は美味しい夕食にありつけた。一人暮らしを始めて一番困ったのが自炊が苦手なことだ。実家では料理が得意な兄が美味しい料理を振る舞ってくれる。

「あー美味い。兄貴の飯《めし》はホントに美味いな」

慶次は出された料理を次々と胃袋に収め、しみじみと言った。すでに家族は夕食をすませたようで、テレビのバラエティ番組を観て笑っている。

「慶次、部屋すっきりしたでしょ？　がんばって断捨離したのよ」

思い出したように母に言われ、慶次は味噌汁を啜《すす》りつつリビングを見回した。確かに以前より物は減ったが、相変わらず雑然として箪笥《たんす》の上や本棚の上にも用途不明な段ボールが積み重なっている。

『ここはひどいね』

『うん、下の中だね』

子狼たちがひそひそ話している。子狸がひょいと出てきて、『ここは以前は下の下だったから、これでもよくなったんですぅ』と説明している。以前は下の下だったと知り、脱力した。そこまでひどいとは思わなかった。

「うーん、まだまだ捨てられるだろ？　そもそもあのこけしとか、埃被《ほこりかぶ》ってるし、あの旅行土産の置物とかいらなくない？」

慶次が目についた物を指摘すると、母が目を吊り上げて拳《こぶし》を握る。

「あれはいいのよ！　思い出があるものなの！　私の母が大切にしてたものなんだからっ。こっちの旅行土産は新婚の時に買った物で……」

母は憤慨《ふんがい》して言うが、埃を被っている時点で大切にされているとは思えない。自分はこうならないようにしようと改めて感じた。

「慶次は仕事のほうは順調なのか？」

父は煎餅をボリボリ齧りながら話を変える。

「ああ、うん。がんばってる。ところで俺さぁ、有生と一緒に暮らそうかと思ってるんだけど」

食後のお茶を飲みながらさりげなく切り出すと、一瞬にして場が凍りついた。父も母も兄も固まって動かない。テレビから流れてくる音だけが、リビングに響き渡った。

「絶対に許さん！」

いきなり父が激昂《げっこう》して立ち上がった。次いで母も腰を浮かせ、涙を浮かべて慶次を見てくる。

「慶次、一人暮らしは許したけれど、そこまでは私たちには無理よ。あなたは家族と絶縁したいの？　縁を切りたいの？　家族を愛しているなら、そんなひどいこと言えないはずでしょ？」

大げさな言い方で責められ、慶次はたじたじになった。絶縁とまで言われては、強く逆らえない。賛成はされないと思っていたが、ひどい拒絶反応だ。

「慶ちゃん。また何か脅されたんじゃないの？　俺が言えた話じゃないけど、本当に嫌なら断る勇気も必要だよ。うっかり一緒に暮らして、離れたくなった時に、あの悪魔が簡単に、はいと言うと思う？　もっと先のことを考えて」

兄も真剣な表情で慶次に言ってくる。さりげなく話してなぁなぁで有生と同居しようと思っていたので、大反対に遭《あ》い、がっかりした。有生は家族に嫌われている。実際に目の前にいると家族は皆、無言になるのだが、有生がいないところでは悪口のオンパレードになる。

「あの悪魔と暮らすなら、もう慶次の家には行けないな……」

父が切なそうに呟き、母がその肩を抱く。

「慶次がそんなひどい選択をするわけないわ。うちの息子を信じましょう」

これみよがしにちらちら見られつつ言われ、慶次は何も言えなかった。花見の宴で耀司《ようじ》が勝って本当によかった。もし負けていたら、有生とすぐさま同居のコースだっただろう。そうなった時の家族の反応が怖い。

「えー、いやまぁ今すぐってワケじゃないけどぉ。そういう可能性もあるって頭に置いといて」

皆とは目を合わせないようにして、慶次は汚れた食器を持ってキッチンに急いだ。食器を洗っていると、兄が感心したように微笑む。

「慶ちゃん、一人暮らし始めて食器を洗うようになったね。前は放置だったのに」

兄に指摘され、そういえば一人暮らしを始めて家事の大変さが身に染みて自然と手伝いをするようになったと気づいた。家族のありがたみというより、兄のありがたみが分かったからだ。

「兄貴、ちょっと提案があるんだけど」

兄にまとわりつく生き霊がどうしても気になり、慶次は二階の兄の部屋へ行って話をすることにした。兄の部屋は料理関係の本がたくさんあり、裁縫道具とかミシンとかパッチワークの作りかけとかが置かれている。兄は一般的に女性的と言われる分野の趣味が多く、しかもどれも得意だ。女性に生まれていたらもてもてな人生だったかもしれない。信長という名前は武将好きな父がつけたそうだが、完全に名前と内面が合っていない。

「実は今、子狼を二体育ててるんだけどさ。一体、兄貴のところに憑けたらどうかって思って」

慶次は子狸と子狼を呼び出して、兄と眷属たちに説明した。慶次の仕事の助手をさせるのもいいが、信長のように霊に好かれやすい人間の傍に置けば、祓いの仕事がたくさんできそうだと思ったのだ。

「それは俺も嬉しいけど……」

信長は戸惑った顔つきだ。

「というわけで、子狼さんたち、どうかな?」

慶次が子狼たちに聞くと、子狼がひそひそと話し始める。話し合いは五分で終わり、グレーの毛並みの子狼がぴょんと近づいてきた。

『まずは僕が行きます』

子狼が尻尾をぴんと立てて言う。

「引き受けてくれるか? それじゃまずは一週間、兄貴に憑いて悪霊や生き霊を追い払ってみてくれ。一週間後には交替だ。頼んだぞ」

慶次は安心して頷いた。

「兄貴、子狼が憑くから、時々お酒とかのお供《そな》え物をあげてくれるかな?」

兄には子狼ががんばれるよう、供え物のアドバイスをした。兄は神妙な顔で聞き入っている。

「あまり無茶はしちゃ駄目だぞ。じゃ、俺はもう寝るから」

子狼にもよく言って聞かせ、慶次は自分の部屋に行った。今夜は実家に泊まるつもりだったのだが、数ヵ月ぶりに自分の部屋に入って――固まった。

「う、うっわ」

思わず声を上げると、慶次は頭を抱えた。子狸が同情めいた眼差《まなざ》しをして慶次の肩を叩く。

「部屋がすっきりしたって、俺の部屋に移動しただけかよ……っ」

慶次がうんざりして言ったのも無理はない。リビングにあった不要品は、慶次の部屋に移動していた。ぎりぎりベッドのところだけは物が置かれていないが、それにしてもひどい。実家を出た人間の部屋など物置になる運命なのか。

「はぁ。もういいや。寝よう」

家族に文句を言う気になれなくて、慶次は押し入れに入っていたかけ布団を取り出して、早々に床《とこ》についた。有生との同居に関していい感じの雰囲気に持っていきたかったのだが、それは無理だったようだ。今度改めて、話を切り出すしかない。

長い間暮らしていたはずの実家は、今ではあまり住み心地のよくない場所になっていた。なかなか寝つけないまま夜が更けていった。


子狼を兄に預けて一週間ほど経った頃だ。ランニングをしている最中に子狸が何かの信号をキャッチしたように一回転して姿を現した。

『ご主人たまー。子狼が戻って参りましたですぅ』

子狸に実家がある方向を見て言われ、慶次はランニングの足を止めて汗を拭《ぬぐ》った。ちょうど桜並木のある道に休憩できるベンチがあって、慶次は腰を下ろして待っていた。しばらくすると、子狸が見ていた方角から、砂煙を上げて子狼が走ってくる。

「えっ？　お前どうしたんだ、その姿は！」

駆けつけた子狼を見るなり、慶次は驚きのあまり声を上げた。一般人には眷属の姿は視えないので独り言を言っている怪しい人間になってしまったが、それも仕方ない。確かに一週間前は小さかった子狼が、今や三倍くらいの大きさになっていたのだ。

『某《それがし》、あまりにも仕事が大変で急速に成長する必要がございました』

子狼はしゃべり言葉もしっかりしている。兄に憑いて霊を祓うのがそれほど過酷な仕事とは思わず慶次は二の句が継げなくなった。

「ご、ご苦労……様です。それじゃ交替します……？」

一週間前とは違い威厳さえ漂わせた子狼に畏《おそ》れをなして、慶次は顔を引き攣らせた。子狼同士でしばらく話し合いが行われ、まだ小さい身なりの黒い毛並みの子狼が『では行ってきます』と告げて走り去っていった。

『おいらの子分が……おいらに初めてできた子分が……うう。気のせいか、メンチ切ってくるでありますぅ』

子狸は変わり果てた姿の子狼にビクビクしている。

『それは大変申し訳ありません。某は目つきが悪いので……。狸殿、殿《しんがり》は任せていただきたい』

子狼は凛《りん》とした佇まいで、周囲に気を配っている。子狼の成長の速さには心底驚いた。耀司に任されていたので嬉しい反面、あまりに急速に成長しすぎて己と比べて落ち込む。子狸がここまで成長するのにどれくらいかかったことか。

「何か……ごめんな、子狸」

再びランニングを始めながら子狸にこっそり言うと、子狸がぽーんと頭に乗る。

『ご主人たま、比べては駄目でありますぅ。おいらたちにはおいらたちのペースが……ペースが……、フンッ、悔しくなんてないんだからねッ』

子狸は強がっているのか、子狼を睨みつけている。大人げない態度だが、気持ちは非常によく分かったので何も言えなかった。

朝のランニングを終えてマンションに戻ると、偶然にも帰ってきた柊也と出くわした。

「あ、慶次君。今日も走ってきたの？　本当にすごいね」

柊也はにこにこして声をかけてくる。五月に入って暑い日が続き、柊也は半袖の白いシャツに麻のズボンという涼しげな格好だ。手にはスーパーの袋を抱えていた。

「あ、うん。柊也は買い物？」

マンションのエレベーターに乗り込みながら話していると、柊也の視線が子狼に注がれる。

「わぁ、この前視た時より大きくなってる」

感嘆の声で言われ、慶次はどきりとした。

「あ、あのさ。これ……視えるんだよな？」

慶次が子狼を指さすと、柊也がはにかんで笑う。

「狼でしょう？　俺、そういうの視える人なんだ。慶次君もなんだよね？」

当然のごとく聞かれ、慶次は「う、うんまぁ」と言葉を濁した。もっと踏み込んで聞いていいのかどうか迷っていると、部屋の前に着いて柊也が首をかしげる。

「よかったらこの後、うちに来ない？　暑いから冷たいものでも出すよ」

ドアノブに鍵を差し込みながら言われ、慶次はぱっと顔を明るくした。

「いいのか！　行きたい！」

友達からの誘いは久しぶりだったので、慶次は元気よく答えた。

「あ、じゃあ、汗掻いたからシャワー浴びてから行くよ。俺、まだ飯食ってないし」

つられて柊也の家に入りそうになったが、汗を掻いた状態では失礼だと気づき、慶次は足を引っ込めた。

「そうなんだ。よかったら軽いものなら作れるよ。ぜひ食べていって。僕も今日は寝坊したから朝食はこれからなんだ」

柊也は朝の市場に行って買い物をしてきたらしく、意気込んで言う。

「えっ、いいのかな。俺は嬉しいけど。それじゃ二十分後にチャイム鳴らすな」

柊也と意気投合し、慶次はひとまず自分の家に戻った。急いでシャワーを浴び、心身共にすっきりして好きな野球チームのＴシャツに黒のジーンズを穿《は》いて隣の家のチャイムを鳴らした。

「いらっしゃい、待ってたよ」

柊也がすぐにドアを開け、慶次を招き入れてくれる。柊也の家に入って、驚いた。同じ間取りのはずなのに、すっきりしておしゃれな部屋が広がっていたのだ。

「うわー。同じ間取りなのに、すげーいいな。どうすればこんな部屋になるんだ？」

慶次はきょろきょろと部屋を見回して、愕然とした。１ＬＤＫの部屋にはベッドやソファ、丸いテーブルや棚が置かれている。慶次は部屋が狭くなるという理由でベッドを置いていないのにもかかわらず、ベッドのある柊也の部屋のほうが広く感じた。

『ご主人たまー。これがセンスの違いというものでありますぅ』

うんうんと頷きつつ、子狸が慶次の肩を叩く。センスの違いと言われるとひと言も反論できない。

「今度慶次君の家にも遊びに行っていい？　神霊がいるんだし、きっと心地いいよね」

子狸に目をやりつつ柊也が言う。柊也の家を見た後では自分の部屋を見せづらくなった。自分の家の家具はほぼ新しいものなのに、どうしてこうも違いが出るのだろう？　少し落ち込んだが、柊也が何もないところで蹴躓《けつまず》いたり、キッチンからテーブルに物を運ぶ際に落っことしたりしているのを見て何となく安心した。誰にでも欠点はあるものだ。

「うっわー、すげー美味しそう」

丸いテーブルには朝食が用意されていた。ワンプレートにポテトサラダやパン、目玉焼きやコロッケが載っているおしゃれな朝食だ。しかもスムージーまでついている。

「柊也っていくつなの？　何でこんな何でもできるの？」

慶次が目を輝かせて言うと、柊也がアイスコーヒーの入ったグラスをテーブルに置きながら言った。

「何でもなんてできないよ。あ、年は二十一。慶次君は？」

向かい合って座り、柊也が問いかける。

「俺も先日二十一歳になったところ。タメだなっ」

柊也と同い年と分かり、俄然《がぜん》嬉しくなる。慶次は年功序列にこだわってしまう面があるので、同じ年齢と分かると気安くなるのだ。

「初めて一人暮らし始めたから、いろいろやってみたいんだ。料理も、アプリの動画観て見様見真似でやってる。掃除とか洗濯とか、自分のことを自分でできるのが楽しいなって」

柊也はスマホの動画や検索履歴を見せながら慶次に説明する。一人暮らしを始めて何もかも上手くいかない慶次とは大違いだ。柊也の作った料理を食べつつ、柊也が大学生だということも知った。しかも国立大学の経済学部という慶次とは縁遠いタイプの人間だ。頭もよくて、ボランティア活動にも精を出して、自分の生活もしっかりとコントロールしている。

「すごいなぁ……」

慶次は添え物のミニトマトを囓って、憧れの眼差しを向けた。

「慶次君は大学生？　それとも働いているの？」

照れた様子で聞かれ、慶次は言葉に詰まった。

「えっと、働いている」

「何の仕事？」

当たり前のように問われ、慶次は答えに窮《きゅう》した。討魔師の仕事をどう説明すればいいか悩んだ。妖怪や悪霊を退治しているなどと言おうものなら、一般人には頭が大丈夫かと心配されるか、変な新興宗教にでも入っているのかと疑われる。

「あー、親戚の会社で働いてるんだ。いわゆる便利屋系みたいな仕事」

言葉を濁して慶次は答えた。広い意味で言えば、便利屋みたいなものだろうと自分を納得させた。慶次はあまり嘘が得意ではないので、こういう時に少々困る。

「そうなんだ。すごいね、たまに遅くに帰ってくる時もあるもんね。僕、隣だから帰ってきた時の音は聞こえちゃうんだよね」

柊也は慶次の話を疑った様子もない。隣室の音が聞こえるとは思わなかったので、慶次はひやりとした。まさか有生との夜の営《いとな》みが聞こえていないだろうか？

「あ、もちろん声とかは聞こえないから安心して。ドアを開ける音ってここ響くだろ？」

慶次の顔が強張ったのに気づいたのか、柊也が慌てたように言う。確かにドアの開閉音は慶次も耳にしている。

「……ところで柊也。その、こいつらが視えるのって……昔から？」

子狼の耳がピンとなったのを見やり、慶次は改めて柊也に問いかけた。柊也は子狼と目を合わせ、そっと手を合わせる。

「うん。僕、霊感っていうの？　強いみたいで、昔からそういう神霊的なものが視えてたんだ。前はもっと小さい犬が二頭いたよね？　あと狸みたいな……」

何かを探すように柊也は周囲を見回す。子狸はひょいと顔を見せ、ぺこりと柊也にお辞儀した。柊也は子狸に対して、頭を下げる。

「慶次君を守ってるの？」

柊也が期待に満ちた眼差しで慶次を見つめる。どう説明すべきかと悩んだが、慶次は「そんな感じ」と曖昧《あいまい》に答えておいた。まさか仕事の相棒とは言えない。

「慶次君、友達になってね。君とは仲良くなりたい。君みたいに心の綺麗な人と友達になるのが僕の夢だったんだ」

食事を終えた柊也が、すっと手を差し出してきた。柊也の白い頬が赤く色づいている。心の綺麗な人と言われ、慶次は恐れ多くて真っ赤になった。

「や、俺ぜんぜんそんなんじゃねーし。俺より柊也のほうが偉いじゃん。ボランティアとかさ、俺には飛び込む勇気なかった。俺こそ、よろしくな」

赤くなりながら慶次が柊也の手を握った。一人暮らしを始めてこんなに素敵な友達ができるなんて思いもしなかった。この友情を大切にしようと心に決める。

「ありがとう。僕、嬉しいよ」

柊也と固く手を握り合い、二人で照れ笑いを浮かべた。この場に有生がいたら「キモすぎ」と突っ込みを入れられる場面だろう。だが、柊也は慶次と同じくらい熱い心の持ち主だ。

大人になってこんなふうに友達を作れるなんて、人生というのは面白いものだなと慶次は胸を熱くさせていた。

柊也とはその後も暇さえあれば互いの部屋に行って、ご飯を食べたり、酒を飲んだりする間柄になった。同じ場所に住んでいるので、二人で散策と称して市内を巡ったりもした。柊也は箱入り息子なのか、カラオケに行ったこともないし、マンガ喫茶に行ったこともないという。何でもできる柊也にあれこれ教えてあげるのも、また楽しいものだった。柊也の唯一の欠点は体力がないことで、一時間も歩いていると歩みがのろくなる。最近の大学生は、運動不足だと実感した。

五月の半ば過ぎには、兄に憑けていた子狼が二頭とも大きく成長していた。一度耀司に途中経過の子狼を見せておかなければと考えていた時、有生が「今、大阪で仕事をしている」と電話してきた。

「あ、そんじゃ難波《なんば》辺りで飯食べない？　今から行くからさ」

お互いに仕事が忙しくて、なかなか会えない日が続いていた。慶次の住む和歌山市から大阪の難波は一時間強で行ける。電話がかかってきたのが午後五時だったので、支度をすれば七時までに着けるだろう。

『じゃあ、道頓堀《どうとんぼり》で待ってる。着いたら連絡して』

有生の機嫌のよさそうな声がした。電話を切って、すぐに支度を始めたので五時台の電車に乗ることができた。曲がりなりにもデートなので、安いシャツを脱ぎ、値段の張った服に着替えた。

(有生が実家に帰る車に、俺も乗せてもらおうかな。そうすれば子狼の成長過程を耀司さんに見せられるよな)

電車に揺られながら、慶次はそう目論《もくろ》んだ。有生の車に同乗させてもらって弐式家へ行く際は、ガソリン代だけは払うようにしている。いつも「別にいいのに」と言われるが、運転してもらっている上に無料で乗せてもらうのが申し訳ないので、そこは押し通している。有生は慶次に対して金銭を要求することが一切ない。慶次だったらそんなに太っ腹になれない。

(こういう考えが、金運が上がらない要素なんだろうか)

有生と自分の考え方の違いを比べ、慶次はひとしきり悩んだ。

七時になる頃には難波の街を慶次は歩いていた。道頓堀の有名菓子会社の看板の近くまで行くと、パーカーにジーンズを組み合わせ、キャップを目深に被って立っている有生を見つけた。スマホのゲームをしているのか、視線はスマホに注がれている。待ち合わせ場所を細かく指定しなくても、有生の居場所はすぐ分かる。何故なら、有生の傍だけぽっかり空間が空いているからだ。

「有生、お待たせ」

慶次が声をかけると、有生が顔を上げる。有生は無意識なのか、にこっとして、スマホをポケットに突っ込んだ。

「何ですぐ俺のいるとこ分かったの?」

有生は不思議そうな顔で慶次の肩に腕を回す。有生はふだん負のオーラをまき散らしていて、霊感のない一般人でも有生を恐れて近づかない。人の多い場所ではそれが顕著《けんちょ》で、すぐに見つけることができるのだ。

「んー。愛の力ってことで!」

真実を言うと有生のご機嫌を損ねてしまうかもしれないので、慶次はそう嘯《うそぶ》いた。その回答は有生のお気に召したらしく、歩いている途中でいきなりちゅっとキスをされた。通行人に奇異の目で見られ、有生を肘で突き返した。

「何、食う? この時間なら大丈夫だと思うけど、俺こういうとこの裏道通ると十中八九その筋の人に声かけられるから、あんまディープなとこ行かないよ」

騒がしい雰囲気の道を歩きつつ、有生が言う。その筋というのはヤクザのことだろうか。

「それって何見てんだよとか、ガンつけられるってこと?」

慶次が顔を引き攣らせると、有生がため息をこぼす。

「いや、どこの組の者かって聞かれるだけ。こんなまっとうな人生歩んでいるのに、何故か修羅《しゅら》場《ば》くぐっただろう的な思い込みされんだよねー」

面倒そうに有生は頭を掻く。以前も井伊直純《いいなおずみ》という男に有生は恐ろしい過去を持っているに違いないと言われたことがあり、本人はそれを謎に感じている。

「あ、だからこういう場所の待ち合わせだと、帽子被ってんの?」

慶次がハッと気づいて聞くと、有生が憂鬱《ゆううつ》そうに頷く。夜の待ち合わせはめったにしないが、たまに繁華街で待ち合わせた際は、有生は帽子を被っている率が高い。あまり顔を見られたくないのだろう。

「慶ちゃんみたいな善良そうな子が隣にいれば、俺の雰囲気も中和されていいね。ところで子狼すげー育ったじゃん。え、異常なほど速くね? 慶ちゃん、どんなスパルタしたわけ?」

有生は雄々しい姿で脇を歩いている子狼を見やり、呆《あき》れ顔になっている。

「それがさぁ、兄貴に預けたらめっちゃ育っちゃって。兄貴、またストーカーされてるみたい。ストーカーほいほいだよ」

「ウケる」

兄の話をすると有生がツボに入ったのか、げらげら笑い出した。新しく代わったオーナーに執着されているのが有生にとってはおかしいらしい。兄にとっては笑い事ではないのだが……。

夕食はモダン焼きが食べたいという慶次のリクエストが通り、人気の店でモダン焼きを頼んだ。子狸が成長した時から慶次は肉を食べるのが駄目になったので、シーフード系で焼いてもらう。一階のカウンター席で並んで食べたが、評価に見合った美味しさだ。

「それでさぁ、子狼を耀司さんに見せたいから俺も有生が帰る車に乗っていっていい？」

ソースのついた口元をナプキンで拭い、慶次はウーロン茶を手元に引き寄せて聞いた。

「何だ。俺、今日は慶ちゃんちに泊まるつもりだったのに。まぁいいけど。そうだね、こんだけ育てばもうお役御免《ごめん》じゃね？」

有生は追加で頼んだどて焼きを店員から受け取っている。慶次と有生が話している間、子狼は店内を監視している。その鋭い双眸《そうぼう》はまさに護衛役にふさわしく、慶次は満足げに子狼を眺めた。

「あ、そういえばマンションの隣の部屋に同い年の男が越してきてさ。仲良くなったんだ」

慶次は思い出したように柊也の話をした。柊也がいかにいい人間かを力説すると、最初は気のない返事をしていた有生も次第に眉根を寄せてきた。

「何？　浮気してる話？」

急に冷たい目で見られ、慶次はあやうく飲んでいたウーロン茶を噴き出すところだった。

「馬鹿なこと言うなよっ。男だって言ってんじゃん！　っつうか、俺に変なことすんの有生くらいだって！」

柊也と間違ってもそんな関係になるとは思えなくて、慶次は強い口調で否定した。柊也を褒めすぎて有生の機嫌を損ねるとは思わなかった。

「そんなの分かんないでしょ。慶ちゃん、黙ってれば可愛いじゃん。綺麗系の顔だし。しゃべらないですました顔してたら、ひと目惚れする奴がいても不思議じゃない」

「はぁ？　何、ディスってんだよ。俺、しゃべると台無しってこと？」

有生に難癖《なんくせ》をつけられて、慶次は顔を顰《しか》めた。とても失礼だ。

「慶ちゃん、過去の記憶を思い出してみて。入学式とか、学年が変わってクラスの面子《メンツ》が変わった時……慶ちゃんに近づく女子がいなかった？」

「え？　……あーそういや、新しいクラスになると俺、けっこうモテたんだよな」

当時の状況を思い返し、慶次はまんざらでもない気持ちになった。

「その女子たち、しばらくすると離れていったでしょ？」

憐《あわ》れむような目つきで言われ、慶次はどきりとした。

「何で分かるんだよ！　そうなんだよな、最初は女子が寄ってくるのに何でか離れていくんだよな。友達止まりっていうか」

思わずテーブルを叩いて慶次は身を乗り出した。同じ学校でもない有生に何故そんな状況が分かるのだろう？

「だから慶ちゃんは顔と性格にギャップがありすぎなんだよ。その清楚な顔に熱血の性格とか、

神様もひどい真似をするよね。容れ物《いれもの》間違えた的な？　君の兄貴も容れ物間違えた系だけど、山科《やましな》家ってそういうちぐはぐな子どもに育てる才能でもあんの？」

痛烈な言葉を浴びせられ、慶次は「うぐぐ」と唇を嚙んで拳を握った。

「子狸、俺今馬鹿にされた？　容れ物間違えたって悪口？　親も馬鹿にされてる？」

慶次は横に座っていた子狸に小声で尋ねた。無性に腹が立つが、有生の指摘が悪口かどうか分からなくなったのだ。

『うーむ。有生たまは素直な気持ちを言ってるだけなので微妙なラインですねぇ。語尾にそんな慶ちゃんが大しゅきはーとと入れたらご主人たまもモヤモヤしなかったのにぃ。つまり有生たまは、まだ知り合って間もない隣人なら、ご主人たまの顔だけ見て好きになる可能性なきにしもあらずと言いたいのだと思いますぅ』

子狸は腕を組み、きりりとした面持ちで述べる。余計に混乱したが、有生が浮気を疑っているのはよく分かった。

「子狸ちゃん、そいつどんな奴なの？　慶ちゃんに下心あり？」

有生は慶次の言い分を聞く気はないようで、子狸を詰問《きつもん》する。

『ご安心下さい、有生たま。あのドジっ子は今のところご主人たまに懸想《けそう》はしておりませぬぅ。ご主人たまのキラキラに引き寄せられているだけでありますぅ』

子狸は慶次の頭に乗っかって、断言する。キラキラとは何だろう？

「あーなるほど。ならいいけど。一応今度会った時、釘刺しとこ」

有生は子狸の意見を聞いて納得した様子だが、一体柊也に何を言うのかとこちらは気が気ではない。有生との関係を誰かに隠すわけではないが、世の中には同性愛に嫌悪感を持つ人もいるというし、波風は立ててほしくなかった。

「せっかくできた友達なんだから、怯えさせないでくれよ？　お前みたいに、その筋の人間に声かけられまくる男に凄まれたら、びっくりして泣いちゃうかもしれないし」

柊也の人の好さそうな顔を思い浮かべると、次々と不安が押し寄せてきた。

「それフリ？　泣くほど凄んでおけって意味？」

にやーっとして有生に聞かれ、「違うから！」と背中を叩いた。柊也とはなるべく会わせないようにしなければと慶次は固く決意した。

二時間ほど食べたり飲んだりして、慶次たちは店を出た。夜が更けるにつれ、難波の街を歩く人の層が変わる。九時を過ぎると派手な服装の女性や怪しげな男性が一気に増える。

「車、あっちに駐めてる」

満腹になった腹を抱えて有生に誘導されていると、慶次はふと人波の中に目を向けた。

「あれ……？」

つい立ち止まって、目を擦る。繁華街を歩く人の中に、先ほどまで噂していた柊也らしき人物を見つけたのだ。見間違いかと思い、目をパチパチさせる。

「どした?」

有生が気づいて慶次が見ているほうへ視線を移す。黒いスーツ姿の男に囲まれ、一人の若い男性が歩いていた。何か話しているのか、顔を近づけて会話している。柊也本人かどうか確信が持てなかったのは、雰囲気があまりに違いすぎたせいだ。いつも爽やかを絵に描いたような白いシャツや明るい服装の多い柊也が、全身黒コーデで、髪も撫でつけている。はっきり言うと、ふだんとはぜんぜん違いガラが悪い。

「あそこにいる男……さっき言った隣人にそっくりなんだけど……」

慶次が困惑して呟くと、有生が目を細めて慶次が指さす男を確認する。似ているけれど別人かもしれないと慶次は考え直した。

「なーんか、どっかで見たような顔だなぁ……」

有生は頭をガリガリと掻いて、首をかしげた。そうこうするうちに男たちは裏道に逸《そ》れて夜の街へ消えてしまった。

「いや、でも別人だよ、きっと。マジで品行方正って感じの子なんだ。ボランティア活動してるような奴だよ? あれはちょっと……他人のそら似だと思う」

慶次は思い直して首を大きく振った。

「へー。……気が変わった。今日はやっぱ慶ちゃんちに泊まろう」

有生が車のキーを取り出して、にやりとする。

「そんで明日の朝、噂の隣人を確認する」

有生はそう言うなり、慶次の肩を抱いて駐車場へ誘った。慶次は柊也に似た人物が気になって、何度も後ろを振り返った。

■4　この世には似た人が三人はいるという

難波から和歌山の慶次のマンションに戻ってきた慶次は、有生に促されて柊也の家のチャイムを押した。もし今在宅していたら、難波で見かけた人物が柊也ではないという証明になるからだ。

だがチャイムは虚《むな》しく響き渡り、あれが柊也である可能性が高くなった。

その夜は悶々《もんもん》として隣室の音に耳を欹《そばだ》てていた。

隣の家のドアの開閉音が聞こえてきたのは、有生と布団で一回戦を終え、抱き合って寝ようとした深夜二時だった。こんな夜遅くに帰ってきたなんて、ますます繁華街で見かけた男が柊也である可能性が高まった。

(別に柊也があああいう格好してもいいんだけど)

裏道へ消えていった男たちは、不穏な気配を漂わせていた。その中に混じっていた柊也も、慶次が知っている男とは到底同一人物に見えなかった。

(邪推するのやめよ！　明日柊也に聞いてみるんだ)

品行方正だと思っていた柊也が、たちの悪い人間とつき合っていたなら問題だが、他人のそら似かもしれない。その夜は考えるのをやめて、朝が来るのをひたすら待った。

いつの間にか熟睡していたようで、スマホのアラーム音に飛び起きた。布団で寝こけている有生を尻目に、急いで朝の身支度をする。

「有生、俺ちょっと隣行ってくるから」

いつも慶次がランニングする時間には、柊也も起きて学校へ行く準備をしていると以前言っていた。昨夜買っておいた土産の餃子パックを抱え、慶次は寝ている有生に声をかけた。

「うー……。えー、俺も行くぅ……」

有生はまだ眠いのか、声が寝ぼけている。有生を待っていられないので、そのまま慶次は家を出た。意を決して、隣室のドアの前に立つ。チャイムを押すと、ややあって「はーい」と柊也の声がドア越しにした。

「あれ、慶次君。おはよう」

ドアを開けた柊也は白いシャツにジーンズという格好で、慶次に微笑みかける。やはり昨夜の人物と同じ人とは思えない。慶次は気後れしつつ、持っていた餃子の紙袋を差し出した。

「おはよう、柊也。これ、昨日難波に行った時に美味しそうだから買ってきたんだ」

慶次は視線をきょろきょろさせて、紙袋を差し出した。今から柊也を疑うような質問をすると思うと、心が痛い。

「わぁー。ありがとう、嬉しいな」

柊也は邪気のない顔で受け取る。その様子におかしな点はなかった。

「あ、あのさ……。その、昨日の夜、難波で柊也らしき人を見かけたんだけど……」

言いづらかったが、聞かずにはおれなくて、慶次は思い切って切り出した。柊也の反応を凝視すると、ぽかんとした顔つきだ。

「難波で？　昨日は学校から帰った後はどこにも行ってないよ。見間違いじゃない？」

柊也は首をかしげて笑っている。その姿に嘘は感じられず、慶次は表情が弛んだ。やはり別人なのか。あまりに雰囲気が違うのも、他人だったからなのか。

「そ、そうなんだ。なーんだ。あ、でも昨日これ渡そうと思ってチャイム鳴らしたら、返事なかったんだけど」

昨夜遅くに訪ねたのを思い返し、慶次は念のため聞いておいた。

「昨日は熟睡してたみたいだからなぁ。ごめん、気づかなかった」

申し訳なさそうに柊也が謝る。眠っていたのか……。

(でも人がいる気配なかったけどなぁ……)

もやっとした疑問が吹き出て、慶次は後ろめたさを感じた。あれは別人だと柊也は言っているのに、まだ疑っているみたいで柊也に悪い。

「慶次君、この後走るの？　よかったら朝食一緒に」

玄関先で柊也と話していると、サッと柊也の顔が強張った。振り返ると、いつの間にか有生が背後にいて、慶次の肩に長い腕をかけてくる。

「慶ちゃん、この子が隣の子？」

有生はだらしなく羽織っただけの黒いシャツに、ズボンという格好で、慶次の頭に顎を乗せてくる。いきなり有生が現れ慶次も焦《あせ》ったが、柊也も戸惑いを隠し切れない様子だった。

「あ、ご、ごめん！　柊也、こいつは俺の、えーと従兄弟《いとこ》……っ、親戚でっ」

有生が出てくる前に話を終わらせようと思っていたので、慶次は動揺して声をひっくり返らせた。柊也は眉を顰《ひそ》めて有生を見つめている。霊感があると言っていたが、有生の負のオーラに気づいたのだろう。尻込みするように身を引いた。

「よろしくねー。あ、これ俺のだから手ぇ出したら殺すよ？」

有生はにやーっと笑って慶次の頬にキスしてきた。突然の仕打ちに慶次は真っ赤になり、柊也は啞然《あぜん》として固まった。慶次は有生に肘鉄を喰らわし、その背中を強く押した。

「邪魔してごめん！　こいつのことは気にしないで！」

これ以上有生と柊也を引き合わせているとろくなことにならないので、慶次は有生を自分の家へ強引に押し込めた。柊也は完全にドン引きしている。男とつき合っている話などしていなかったので、びっくりしただろう。後で謝らなければ。

「もう馬鹿、馬鹿！　友達の前で何すんだよっ。恥ずかしいだろっ」

部屋に戻って有生の腹をパンチすると、痛そうに身をよじられる。

「いてーな、遠距離なんだから慶ちゃんの周囲の男は排除しとかないと駄目でしょ。っつうか、あいつやっぱどっかで見たような気がすんだけどなー」

有生は蹴りを加えた慶次から逃れるように、敷きっぱなしの布団に寝転がる。

「柊也は昨日の奴とは別人だって言ってた。俺の見間違いだって。やっぱあんなガラの悪いのが柊也のわけないんだよな。一件落着」

無理にそうまとめ、慶次は朝食でも作ろうとキッチンに立った。内心、疑問は残ったが、別人だという柊也の言葉を信じるしかない。

「朝飯食ったら、弐式家へ行こう」

朝食用のサンドイッチを作りながら、慶次は布団に寝転んで考え込んでいる有生に声をかけた。有生は「んー」と気のない返事をする。柊也のことも気になるが、それ以上に今後柊也が自分とつき合いを続けるかどうかのほうが問題だ。目の前で男同士が頻にとはいえキスしているのを見て、不快感を覚えたかもしれない。

小さなため息をこぼし、慶次は食パンにバターを塗り込んだ。


有生の車で弐式家に着いた時には、午後五時を回っていた。最近日が長くなってきて、五時で

も辺りは明るい。駐車場に車を置いて慶次は荷物を有生の離れに置くと、母屋《おもや》へ向かった。

母屋の玄関には菖蒲《しょうぶ》の花が活けられている。当主と由奈《ゆな》、赤ん坊は伊豆へ一泊二日の旅行に行っているらしく、慶次たちを出迎えてくれたのは巫女様だった。平日だったので、瑞人《みずと》はまだ学校から帰っていない。

「巫女様、耀司さんはいます?」

慶次の問いに、巫女様はじろじろと子狼を眺めてきた。巫女様の前で子狼たちはびしっと姿勢を正している。

「耀司は仕事中で、もうすぐ帰るぞよ。おお、おお。ずいぶん早くに成長したではないか。お前に育てる才能があったとは知らなんだ」

巫女様は成長著《いちじる》しい子狼に満足げな様子だ。後ろで子狸が石を蹴っている。自分ではなく育てる才能があるのは兄かもしれない。

居間に通され、慶次たちは大きなテーブルの前に腰を下ろした。居間は一枚板でできた大きなテーブルに座布団が並んでいる。部屋は広く、すっきりした印象だ。床の間に掛け軸と季節の生け花が置かれているだけで、あとはおしゃれな飾り棚が一つあるだけだ。実家の居間と比べてしまい、子狼に下の中と言われた意味を痛感した。

「来月には夏至を控えているのでな、明日はどういう試験にするか話し合いをしようと思っておる。重鎮勢が来るから、有生を母屋に連れてこないようにしておくれ」

巫女様に耳打ちされて慶次は苦笑して頷いた。花見の宴での件もあるし、慶次もこれ以上有生とベテラン勢に対立してほしくない。

「もう夏至かー。早いなぁ……」

三年前の試験を思い返し、慶次はしんみりした。あの頃よりは成長したと思っているが、自分は討魔師としてはまだまだだ。早く後輩を育成するくらいになりたい。

「今年、タスマニアデビルが落ちればもう資格剝奪《はくだつ》だよね。あー、あいつの悔しがるとこ見てーなー。邪魔してやろうかな」

有生は何を企《たくら》んでいるのか、悪人面で笑っている。柚《ゆず》は今年の夏至の試験には参加すると言っていた。早く討魔師として戻ってきてほしい。

居間でまんじゅうを食べながらしゃべっていると、耀司と中川《なかがわ》が帰ってきた。二人ともスーツ姿で、少し疲れた面持ちだ。

「ああ、慶次君。来ていたのか。……ほう」

耀司は慶次の隣に凜とした佇まいで座っていた子狼に気づき、目を輝かせる。

「もうこんなに大きくなったのか。驚いた、半年はかかると思っていたのに」

にこやかな顔で耀司が慶次の肩に手を置く。

「すごいじゃないか、慶次君。やっぱり君に任せて正解だったよ」

褒められて慶次は頰を赤くした。憧れの人に褒められて、天にも昇る心地だ。

「いやいやっ、彼らの努力の賜物《たまもの》です！」

慶次が浮かれて言うと、横にいた有生が「キッモ」と毒づく。有生の尻をつねりつつ、慶次は子狼によかったなと声をかけた。

「もう十分すぎるほど育ったので、神社に戻そう。よかったら、慶次君。子狼を連れて彼らの神様のところへ送り届けてくれないかな？　武蔵御嶽《むさしみたけ》神社という東京にある神社なんだが」

耀司に微笑まれ、慶次は胸を叩いて「お任せ下さい！」と請け負った。初めて聞く神社だが、しっかり子狼を送り届けようと意気込んだ。

「旅費はこちらで出すから、安心してほしい。如月さんにも話を通しておくよ」

耀司から手厚いフォローをされ、ちょうど仕事が入っていなかったので明日にでも東京へ向かうことにした。

「俺も行く」

有生は話を聞いている最中は気乗りしない様子だったが、慶次が東京へ行くと言い出すといきなり話に割って入ってきた。有生の分の旅費は出ないというのに、すっかり行く気になっている。明日は重鎮がそろうというので、有生はいないほうがいいかもしれないと思い、朝早くに出かける予定を組んだ。

子狼について話し終えると、慶次は有生と一緒に母屋を出た。

「そういえば、お守りの効力が切れてきちゃってさぁ。子狼がいるから、変な霊は寄ってこないんだけど」

離れまでの石畳を歩きながら、慶次は首にかけていたお守りを見せた。このお守りは有生を介してもらったので、記憶していたようだ。

「だから視なきゃいいじゃん。未だに全部視えてんの？　慶ちゃんの霊視能力ガバガバじゃん。慶ちゃん、下はキツいのに霊視能力ガバガバとか笑える」

有生がからかうように言ってくる。下ネタが嫌いな慶次は、有生の脇腹に拳を突き立てた。そうなのだ、有生や他の討魔師は皆、視たい時に霊を視て、視たくない時はその感覚を閉じているという。けれど慶次は未だにその調節が上手くいかない。

「うっさいな。俺だって気にしてるんだよ。俺は一体いつ調節できるようになるんだ？」

有生の背中を拳で突いて、慶次は唇を尖らせた。何故皆が器用にできるのか分からない。自分は何かが欠けているのだろうか？

離れに戻り、改めて慶次は有生の家を見て回った。有生の家は物が少なく、すべての部屋がすっきりしていて風通しのいい印象だ。

「なぁ、有生。俺の部屋ってどう思う？　ダサい？」

巫女姿の狐が出してくれたお茶に気づき、慶次はテーブルの前に座って尋ねた。子狼二体は、どこからともなく現れた狐たちに囲まれて警戒している。

「急に、どした？　うん、めちゃくちゃダサっ、っていつも思ってた」

あっさりと有生に言われ、慶次はがっくりしてテーブルに突っ伏した。子狸が出てきて、慶次を慰めるように肩を叩く。

「お前んちも、母屋も綺麗だよなぁ。俺の部屋がいまいちなのは、ずっと部屋が狭いせいだと思ってたんだけど、隣の柊也んちに行ったらすごいおしゃれでさぁ。何が違うんだ？　そんなに物は悪くないと思うんだけど。お前がくれたソファとか高いものだし」

慶次が悩ましげに言うと、有生が母屋からもらってきた酒まんじゅうの箱を広げる。

「言っていい？　色ががちゃがちゃして、配置も変だし、カーテンとかキャラクター物だよね？　あれはないわ。俺のあげたソファがシック系なら、ちぐはぐ度がすげぇ。全体的に落ち着かない。あとテラス窓に変な小物置いてるのもキモい。トイレにカレンダー貼ってるのとか、冷蔵庫にべたべたマグネット貼ってるのとかダサさの極み。それから……」

有生に次から次へと辛辣《しんらつ》な評価をされ、慶次は思わずその口を手で押さえた。

「も、もういい！　それ以上駄目出しされると胸が苦しい……っ」

慶次は胸を押さえ、息を荒らげた。まさか有生がそこまで慶次の部屋に文句があったとは知らなかった。何度も泊まりに来ているから、いいと思っているのかと勘違いしていた。

「慶ちゃんはセンスゼロだから、言っても無駄かと思って。俺にくれる物も、奇天烈《きてれつ》なものが多いしさ。あー、でも同棲する時は俺のセンスで家具はそろえさせてもらうからね」

「同居な、同居。いや、そっちに関しても俺の家族の大反対があって……」

慶次は家族の反応を思い返し、ため息をついた。子狼は狐にからかわれて、毛を逆立てて威嚇している。それを見て狐がまた笑うという困った図式だ。狐と狼は相性が悪いみたいだ。

「っつーか、あの隣人と部屋を行き来するくらい仲良くなってたの？　は？　うさんくせ。そんな急に距離詰める？　慶ちゃん、変なツボとか買わされそうになってね？」

有生は変なことが気になるらしく、子狼をからかっていた狐を数頭呼びつける。

「慶ちゃんちの隣人、探ってきてよ。ぜってーいい人とか嘘だから。よろしく」

有生は適当に選んだ狐に指示を下している。探ると聞き、慶次は青ざめた。

「お、おい。そんな真似やめろって。アイツ、マジでいい奴なんだから。繁華街で会ったのは別人だと思うし」

「信じてるんなら別にいいじゃん？　大学生でボランティア活動してんのなんて、評価目当てか、サークルに好みの女がいたか、将来の実績作りに決まってる。この世に真のいい人なんていませーん。裏の顔暴いてやろーっと」

不敵な笑みを浮かべ、有生は狐と打ち合わせしている。狐がそれぞれどこかへ向かって走り出し、慶次は止めることができなかった。

「有生！　もーっ、せっかくできた友達なのに……柊也は霊感あるから、狐も視えるのに」

私用で眷属を動かす有生に呆れ、慶次は頭を抱えた。

「へぇ、眷属が視えるんだ。ますます気になるね。慶ちゃんはそろそろ自分がトラブルを引き寄せる体質って気づくべき。いきなり現れた隣人とか、怪しさ満点。大体、子狸ちゃん、子狸ちゃんは隣人をどう思ってるわけ？　アイツいい奴なの？」

　有生にじろりと睨まれ、子狸が背筋を伸ばす。子狸もいい人だと太鼓判を押してくれると思ったのに、予想していた答えは得られなかった。

『えー、有生たま。ご主人たまは痛い目に遭って学ぶ系の人間なので、怪我しない程度に受け入れる方向で調整しておりますですぅ』

「俺、痛い目に遭う予定なの!?」

　慶次は真っ青になって腰を浮かせた。まさか子狸からそんな言葉を聞かされるとは思っていなかった。子狸も一緒に過ごしていたので、柊也を認めていると思ったのに。

「ほら、やっぱ怪しい。慶ちゃん、人を見る目、ないもんねー」

　げらげら有生に笑われ、慶次はムッとしてその頭を小突いた。

「そんな……。柊也はいい奴……と信じたい」

　柊也を探りに行った狐を案じ、慶次は考え込んだ。

　翌日は朝早くに弐式家を出て、東京へ向かった。有生の車で移動したので、一日がかりの移動になった。途中の高速では慶次も運転を代わったが、スピードが遅すぎるとさんざん文句を言われた。

武蔵御嶽神社は東京都青梅市《おうめし》にある神社なので、赤坂《あかさか》にある有生のタワーマンションに一晩泊まってから出かけることにした。

『ご主人たまー。東京に来たついでに、おいら寄りたいところがあるのですがぁ』

有生のマンションに足を踏み入れた慶次に、子狸がとことこと寄ってきて切り出した。有生は運転に疲れてソファで寝そべっている。

「実家だろ？」

慶次はキッチンに立って今夜の夕食の準備をしながら聞いた。子狸は秋葉原《あきはばら》にある柳森《やなぎもり》神社出身だ。東京に来た際は、毎回立ち寄っている。

『実家ももちろんですがぁ、実はゴン様にお会いしてみたいのですぅ！』

子狸がもじもじして頬を赤らめる。

「ゴン……様？」

夕食用に買った材料をまな板の上に並べ、慶次は首をかしげた。今夜は失敗の少ない鍋にしようと思い、魚介系の具材とネギや白菜、茸や春菊を切っていく。ちょうど気温も低い日だったので、鍋も美味しく食べられそうだ。

『はいっ。上野《うえの》東照宮《とうしょうぐう》におわしますぅゴン様に一度お会いしたくてっ。狸界のレジェンド、頂点に鎮座《ちんざ》するスーパービッグダディことゴン様でございますぅ。噂は常々聞いておりましたが、半人前のおいらがお目通りなど不敬と思い……。ですが、おいらも一人前になったので、お会いしてみたい所存でありますぅ』

まるでアイドルに会いに行くかのごとく、子狸は頬を赤らめ、きゃっきゃっとして言う。よく分からないがすごい狸の眷属らしい。有生に寄ってもいいか聞くといいよと答えたので、御嶽神社に行った後に行くことにした。

「そっかぁ。狸界もいろいろあるんだな」

リビングのテーブルに具材を入れた鍋を運んで、慶次は感心した。子狸は慶次の知らない間に仲間と連絡を取ったり情報交換したりしているらしい。神霊界の話なので、どうやって会話しているか謎だ。

「あー鍋は失敗ないからいいね。美味しい」

鍋を突きながら有生が珍しく褒め言葉を口にする。慶次が作った料理で美味しいと言うのは初めてかもしれない。

お腹いっぱいになって荷ほどきをしていると、夜も更けてきた。車で高知から東京まで運転した疲れもあるのか、有生は風呂から出ると早々にベッドに転がった。慶次は明日の朝食の準備をしてから有生のベッドに潜り込む。ベッドは一つしかないが、大きいので十分二人で寝られる。

子狼二体は明日神社に戻るせいか、そわそわして小声で話し込んでいる。何の気なしに聞いていると、『ボスは褒めてくれるかな？』と言っているのが聞こえてきた。眷属もやはり上の者に褒められたいんだなぁと思い、微笑ましい気分で眠りについた。

朝日と共に起きると、慶次はすっきりした気分で朝食用のサンドイッチを用意した。昨夜のうちに作ったポテトサラダと卵、チーズを使って何種類か作る。サンドイッチは失敗が少ない料理の一つなので、慶次は安心して挑める。簡単にサラダも作り、柊也を真似てワンプレートで出してみた。

「どうしたの、慶ちゃん。急におしゃれなことやりだして」

慶次が完璧な朝食を出すと、寝起きの有生が気味悪そうに自分の身体を抱いた。ランチョンマットを敷いた上に食事を出したことに、それほど驚いたようだ。

「俺だって日々進化してんだからな！」

慶次がムッとして言い返すと、有生がキッチンカウンターの前の椅子に腰を下ろす。このマンションはもともとあまり物がなく、４ＬＤＫの広さがあるのにソファセットとベッド、テレビと間接照明くらいしか置いていない。東京に来た時くらいしか使わないので、有生もあまり手をかける気はないようだ。

「あー味はふつうだね。安心した」

サンドイッチを頬張りながら、有生が呟く。美味しいサンドイッチを目指したが、有生の味覚は厳しかった。慶次も有生の隣に座り、サンドイッチを咀嚼《そしゃく》した。

子狼二体は、慶次たちが早く出発しないかと玄関前でうろうろしている。子狸はそれを見て『ぷぷぷ。可愛い奴らですぅ』と先輩風を吹かしている。

朝食を終え、身支度を整えると、慶次たちはマンションを出た。

有生の運転で高速に乗り、武蔵御嶽神社を目指す。雲一つない快晴の日だった。青梅までは一時間もしないで辿り着き、神社に一番近い滝本《たきもと》駅近くの駐車場に車を駐めた。武蔵御嶽神社は御《み》岳《たけ》山の山頂にある神社で、標高は九百二十九メートルある。滝本駅からはケーブルカーに乗り換え、御嶽山駅まで登っていく。そこからは徒歩で神社を目指す。山道だが、整備されていて歩きやすい。

「やっぱ山はいいなぁ」

参道を歩きながら慶次はウキウキして山の空気を吸った。海より断然山派の慶次は、高い場所に来るとテンションが上がる。初夏の爽やかな風が感じられる天気のいい日で、有生が賛成すれば山登りをしたいくらいだった。

『早く参りましょう』

『さぁさぁ、狸殿、某が案内しますぞ』

子狼二体はのんびり歩いている慶次や有生、子狸をせっついている。霧がかかってきて、辺りは神秘的なムードになった。三十分弱、曲がりくねった山道を抜けると、三百三十段の階段が待っている。

「狼の眷属がいるところは山が多いのかなぁ」

階段を上がりつつ、慶次は首をかしげた。

「ああ、おいぬさま信仰ね。狼は魔除けや盗難除けには抜群《ばつぐん》の力を発揮するよね」

神社を見上げて有生が言う。

「ここ、すごい浄化の力が強いみたいだ。着く頃には悪いもの全部消えてるんじゃない？」

有生は軽い足取りで階段を上っている。毎日走り込んでいる慶次には苦もなく上れるが、運動不足の人や老人は途中のベンチで休んでいる。ようやく最後の鳥居《とりい》をくぐり、神社に辿り着いた。清浄な気と、力強さを感じる。本殿の前で手を合わせ、子狼を送り届けに来たという話をすると、

『中へ入って参れ』という厳《おごそ》かな声が降ってきた。

脇から奥へ入る道があり、慶次たちは本殿の奥へと誘われた。奥には大口真神社《おほくちまがみしゃ》というのがあり、狛犬《こまいぬ》ならぬ狛狼が慶次たちを出迎えた。なかなか迫力のある眷属が、狛狼に入っていて悪いものが侵入しないよう見張っている。

大口真神社の前で手を合わせると、奥から一頭の大きな黒狼が出てきた。凜とした佇まいに思わずひれ伏してしまいそうな威圧感のある黒狼だった。

『ボス！　ただいま戻りました！』

『ボス！　思いのほか修行がはかどりました！』

慶次のもとにいた子狼二体は黒狼に向かって頭を垂れ、勢いよく報告する。二体の尻尾がぶんぶん横に振られていて、どれだけ目の前の黒狼を慕っているのか表していた。確かにかなり強い力を持っていそうな黒狼だ。ボスと言っているし、この神社で一番偉い眷属かもしれない。

『よくやった』

黒狼は重々しい口調でひと言告げた。それだけだが黒狼の表情と優しい気が充満して、黒狼から子狼への愛情を感じた。二体もそれは分かったらしく、さらに激しく尻尾を振っている。よかったなぁと後ろで表情を弛めていると、黒狼が慶次を見やった。

『世話になった。近年、眷属の力を必要とする者が多く、育成に尽力してもらえて助かった』

黒狼は慶次を見つめて、淡々とした口調で述べる。

「いえっ、俺も助かりましたし！　っていうか、俺と言うより兄貴に預けたらすごい勢いで成長したというか」

慶次は赤くなりながら説明した。隣で有生が緊張する慶次にプッと噴き出している。討魔師になる前は、絶対に狼の眷属をつけたいと願っていたので、こうして憧れの力ある狼の眷属の前に出て、無意識のうちに緊張していた。やっぱりかっこいい。鋭い目つきも、ふさふさの毛も、雄々しい立ち姿も、何もかも素晴らしい。

『ボス、この者の兄なる者は大変低級霊に好かれやすい者で』

子狼が黒狼にひそひそと進言する。

『はい、それはひとえにその兄なる者の性格が問題なのです。優しすぎるというか、人を傷つけたくない気持ちが強すぎるあまり相手の言い分を呑んでしまうというか、その上逆恨みもするし、かまってちゃんなところもありますし、根暗というか波動が低すぎるというか』

子狼の兄の評価を聞いているうちに、慶次は耳まで赤くなった。

「俺の兄貴、そんなひどかったの!?」

どうりで子狼がものすごい速さで成長するはずだ。

『生き霊も憑いていましたし、休む間もなく追い払わねばならず、本当に激務でした』

子狼がしみじみ言って、ツボに入った有生が横で笑っている。自分の兄がそこまでひどい状態だったとは思わず、慶次はひたすら恥ずかしくなった。今度会った時はもっと親身に話を聞いてあげたほうがいいかもしれない。

『ふぅむ。成長の場としては逆によいかもしれぬな』

黒狼は何を思ったか、深く頷いて慶次に視線を向けた。

『慶次殿、どうだろう。もう二体預かって、子狼を育ててやってはくれまいか？』

思いがけない提案を受けて、慶次は背筋を伸ばした。憧れの狼様が育ててほしいと言っているのを断るわけがない。

「はいっ！　もちろん承《うけたまわ》りますっ」

慶次が元気よく答えると、黒狼が一声吠えた。その声は御岳山の隅々まで届き、しばらくすると獣が走ってくる音がした。待つほどもなく、二体のすらりとした狼が、それぞれ口に子狼を銜《くわ》えて黒狼の前に現れる。

『御前《ごぜん》に』

二体の狼は運んできた子狼を黒狼の前に落とす。きりりとした顔つきで二体の狼は脇に退いた。運ばれてきた子狼は、一体は挙動不審な様子でうろうろし、一体はピンボールみたいにぐるぐる駆け回った。

『慶次殿、この二体を頼みたい。この二体は少々問題児でな。先に頼んだ二体より成長は遅いと思うが、預かってくれぬか？』

黒狼に言われ、慶次は二体の子狼を確認した。ぐるぐる走り回っていた子狼が、慶次の腹にびゅんとぶつかってきて、あやうく転倒するところだった。

『俺はやるぜ、俺はできるぜ、俺は最高、俺は神！』

元気いっぱいな子狼が有生に向かって飛びかかる。残念ながら有生はひらりと攻撃をかわし、子狼は近くの木に激突した。

『ぼぼぼ僕、ここを離れるのですか？　嫌だ、嫌だ、嫌だ……。もう僕はおしまいだ……。どうせ僕なんて何もできないんだ……何で僕は狼に生まれたんだろう……』

もう一体は分かりやすいほどの陰気な性格だった。うじうじと呟いて、地面に向かってため息をこぼす。

『ひょー。今度の二体はまさに問題児ですぅ。陽キャと陰キャ極まれりですぅ』

子狸は二体の違いが面白いのか、腹を叩いて笑っている。

『両方とも、少々相手の話を聞かぬところがある。この山では成長の見込みがないので、慶次殿に託したい。よろしく頼むぞ』

黒狼に真摯《しんし》な態度で頼まれ、慶次は胸を叩いた。

「お任せ下さいっ！」

子狼の気持ちが伝染したのか、慶次も黒狼に褒められたい一心でそう断言した。二体の子狼を一人前にするべくがんばろう。そんな熱い思いを抱いて、慶次は黒狼を憧れの眼差しで見つめた。

二体の子狼を連れて、慶次たちは山を下りた。

子狼たちは、目を離すとどこに行ってしまうか分からない危なっかしい二体だった。陽気なほうは人の話を聞かずに勝手に走っていくし、陰気なほうは、いつの間にか木の陰に隠れてしまい置いてけぼりになっている。仕方ないので慣れるまではと、慶次は陽気な子狼と陰気な子狼を抱っこして運んだ。

麓《ふもと》まで下りて車に乗り込むと、やっと安心して二体を後部席に下ろした。さすがに車内からは飛び出さないだろうと見越してのことだ。

「慶ちゃんってそういうお世話好きそう。何で俺の世話はしてくれない？」

使命感に燃えている慶次に、有生は呆れた様子だ。

「お前に世話なんていらないだろ。大体いつも狐さんたちがやってくれてんじゃん？」

有生が世話を焼いてほしかったなんて初耳で、慶次は意外な思いで聞き返した。

「俺だって慶ちゃんにあれこれしてほしいし。っつか」

エンジンをかけた有生が眉を顰める。後部席にいた元気な子狼が急に前の席に飛び込んできたのだ。

『うおおおお！　こ、ここはどこだぁあああ！　俺は何故ここに!?』

陽気な子狼は何故自分が車の中にいるのか分からないらしく、今さら動揺して叫んでいる。ずっとじたばたしていたが、本当に人の話を聞いていないのだと知った。

「マジでうるせぇ。静かにしないと物理的に口を閉ざすよ？」

有生の表情が消え、世にも恐ろしい気を放って子狼を脅す。さすがに陽気な子狼も、有生の迫力にたじろいで、『ぴゃあっ』という甲高い声を上げた。

『こここ、怖い、怖すぎる……もう僕は死ぬんだ……一人前にならずに死ぬんだ……』

無関係の陰気な子狼のほうは、有生の怖い気を感じて後ろでガタガタ震えだした。

『有生たまぁ。ちょっと抑えてくれないとこの子お漏らししちゃいそうですぅ』

見かねた子狸が有生と子狼の間に割って入る。

「そうだぞ、有生！　子狼を再起不能にしちゃ駄目だっ。子狸、ちょっと二体に言い聞かせてやってくれないか？」

慶次も慌ててフォローに回った。子狸は『合点《がってん》承知の助』と言うなり、一回転して大人の狸の姿に戻った。子狸のままでは子狼が言うことを聞かないと思ったのだろう。大きな身体で二体の子狼を捕まえ、懇々《こんこん》とこれから慶次の家で修行すると言い聞かせた。ようやく二体とも、状況を理解してくれたようだ。

『俺はがんばる！　俺はできるできるできる、俺は最高最高最高最高、天上天下唯我独尊《てんじょうてんがゆいがどくそん》』

すっかりやる気になった陽気な子狼が、瞳に闘志の炎を燃やして言う。先ほどからちょいちょい不遜な発言をする子狼だ。

『僕のこと見捨てないで下さいね……虐《いじ》めないで下さいね……、足を踏んだりとか陰口叩いたりとか唾を吐いたりとか呪いのわら人形作ったりとかお水におしっこ入れたりとか』

こっちの陰気な子狼は恐ろしくマイナス思考だ。二体を割ったらちょうどいいのにと慶次は残念に思った。

「ま、まぁともかく仲良くしよう。俺もがんばるからさ」

慶次は後部席を振り返って優しく微笑んだ。慶次としては居心地のいい環境を作ろうと歩み寄ったつもりだが、陽気な子狼は窓の外を眺めて歓声を上げ、陰気な子狼は脚の爪をかじかじ噛んでいてまったく聞いていない。さすがの慶次も少しイラッとした。

（いけない、いけない。黒狼様が俺を信頼して託してくれたのだから、温かい目で見守らなきゃ！）

忍耐の文字を胸に刻み、慶次は静かに前を向いた。

御岳山から戻るとすっかり日が暮れていて、残りの予定は明日にすることにした。赤坂のマンションに帰り、暴れる子狼を部屋に入れる。子狼たちは家に入ったのが初めてらしく、興味津々で見て回っている。

『お戻りをお待ちしておりました』

緋袴《ひばかま》姿の狐がいつの間にか来ていて、慶次たちに三つ指ついて挨拶をする。緋袴の狐がいるということは、今夜の夕食の用意はしてあるのだろう。運転で疲れている有生のために今夜も慶次が何か作ろうと思っていたが、空振りに終わった。

「あー美味しい」

テーブルには鯖《さば》の味噌煮や茄子の揚げ浸し、きんぴらごぼうやブリ大根、漬物や味噌汁が並んでいる。有生は安心して食べている。恋人の作ったものより、狐が作ったもののほうがよいようだ。内心悔しさを覚えたが、何を食べても美味しくて負けを認めざるを得なかった。

「慶ちゃん、こっちおいで」

夕食を食べてまったりしていると、ソファに座っていた有生が手招きした。慶次はせめて皿洗いくらいとキッチンに立っていた。

「何だよ、ちょっと待って」

後片付けを終え、慶次は手を拭いてソファに移動した。

「今日は疲れてないからエッチしよ」

有生の前に立ったとたん、抱き寄せられてソファに引き倒された。有生は素早く慶次をソファに押し倒し、軽いキスを顔中に降らせてくる。昨日は運転に疲れて、すぐに眠った有生だが、今日はやる気満々らしい。

「えー、やるなら風呂に入ってから……」

首筋にキスをされて慶次が身をよじると、ふと視線を感じた。慶次はハッとして有生の顔を押しのけた。子狼たちがドアの陰からじっとこちらを見ている。

「有生！　駄目だっ、子狼が見ている！　教育上悪いっ」

子狼の視線を感じ、慶次は赤くなって有生から離れようとした。子狼たちは慶次に気づかれたのを知り、陽気な子がニヤニヤして駆け寄り、陰気な子はギラギラした目つきですり足で近づいてきた。

『交尾するのかっ！　交尾見たいっ、人間の交尾見たいっ』

陽気な子狼が興奮して鼻息荒く言う。

『グフフ……ぼ、僕も興味が……、鑑賞したい……です』

陰気な子狼も興味津々で息を荒らげる。

「ばばば馬鹿っ!!　何言ってんだよ！　お前ら眷属としての自覚はあるのかっ？　エロ本見たい中学生男子そのものじゃないかっ」

慶次は二体の反応に真っ赤になって怒鳴った。

「見たいの？　うるさくしねーなら、見せてあげてもいいけど。そういうプレイ、一度やってみたかったし」

有生はノリノリで慶次を抱きかかえる。このままでは本気で眷属の前で犯されそうで、慶次はクッションで有生の頭を押さえつけた。子狼二体は期待に満ちた眼差しで身を乗り出してくる。

「子狸！　助けてくれ！」

有生の顔にクッションを押しつけつつ慶次が叫ぶと、子狸が『やれやれでありますぅ』とため息をこぼしながら出てきた。

『お前たち、これ以上ご主人たまに変な性癖をつけられたら困るのですぅ』

子狸はそう言って子狼をリビングのドアの外へ追いやる。いなくなったと安心したのも束の間、ドアの隙間から視線を感じた。

『恋人同士の睦《むつ》み合いは堂々と見るものではなく、こっそり愉《たの》しむのが定番ですよぉ』

こそこそと子狸がしゃべっているのが聞こえる。よく見たら子狼二体と子狸が団子状態になってこちらを覗いている。

「こっそりも見るな！」

慶次がクッションをドアに向かって投げると、不満げな声と舌打ちが返ってきた。問題児どころではない、眷属としてあるまじき下劣さだ。

「まったくもう……。お前もあいつらを煽《あお》るなよ。全部黒狼様に報告されるんだからな」

リビングのドアを閉めに行き、慶次はクッションを拾ってソファに置いた。ソファに寝転がっていた有生は、慶次の手を引っ張って無理やり座らせる。

「別にいいじゃん、愛の営みでしょ。見せてあげれば」

ニヤニヤしながら有生に抱き寄せられて、慶次はムスッとして肘鉄を食らわした。ソファの上でキスしたり身体を撫でられたりしていた時だ。ふっと空気が変わって、すーっとドアが開き、小柄な白い狐が一頭入ってきた。

「……何かあった？」

有生は慶次から身体を離し、それまでの甘い空気を一瞬にして消し、狐に向き直る。慶次も白い狐のただならぬ雰囲気に気圧《けお》されて、乱れた衣服を直した。小柄な白い狐は白狐の部下で、それなりに力のある眷属だった。慶次には聞こえなかったが、有生と何か話をしている。有生の顔色が変わり、苛立ったように爪を噛んだ。

「分かった。尾行するだけにして。決して近づくなよ」

有生が小柄な白い狐に命じると、分かったというように頷いて、来た時と同様に音もなく消え去った。

「な、何だ？　何かあったのか？」

何かを報告に来た狐が気になり、慶次は息を呑んだ。有生が面倒そうに髪をかき上げる。

「慶ちゃんの隣人につけた眷属がヤられた。攻撃されたって」

低い声で言われ、慶次はどきりとして有生を凝視した。有生は柊也に狐の監視をつけていた。その狐が攻撃を受けた……？

「嘘……。まさか……」

柊也は子狼や子狸に気づいていたが、微笑ましいという目で眺めていたのだ。決して攻撃するような人ではない。

「やっぱ、裏アリじゃん。慶ちゃんに見せてるいい人面《づら》とは違う面があるってことでしょ。こうなると慶ちゃんちの隣に越してきたのも怪しいなぁ。あー待てよ、もしかして……」

有生は何事かぶつぶつ呟くと、やおら立ち上がりジャケットを摑んだ。

「俺ちょっと、出てくる。今夜帰んないかもしんないから、ちゃんと鍵かけてね」

ショルダーバッグを肩にかけ、有生は慌ただしく家を出ていった。何事かと聞く間もない。

(何なんだよ、柊也がどうしたって言うんだ……)

訳が分からず悶々と夜を過ごす羽目になり、慶次は一人、ベッドで寝返りを打った。せめてどこへ行くかくらい言ってほしかった。

不安な一夜が明けたが、有生は帰ってこなかった。スマホで連絡を入れてみたが、既読無視だ。とりあえず冷蔵庫に入れておいた野菜でサラダを作り、コーンフレークに牛乳をかけて食べた。

「有生、帰ってこねーな……。とりあえず、柳森神社行くか」

午前十時を回っても有生が帰ってこなかったので、スマホに出かける先を送って外出することにした。まずは子狸の実家である柳森神社へお参りだ。秋葉原駅の近くにある柳森神社は、小さいながらも温かみのある神社だ。柳森神社の神様は相変わらず優しく厳しく慶次を導いてくれる。礼を言って駅に戻り、山手線《やまのてせん》で上野《うえの》へ向かった。

上野駅で降りて、目的地に向かって徒歩で進む。地図を見ながら上野恩賜《うえのおんし》公園を歩き、人の多さに驚いた。平日なのに、たくさんの人がいる。

『おおー、これからゴン様に会えるのですねぇ。わくわくどきどきが止まりませんっ。ふぉおー、興奮マックス！』

子狸は上野東照宮が見えてくると、興奮のあまり声が一段高くなった。よほど嬉しいのだろう。

羽が生えているみたいに飛んでいる。慶次としては連絡のつかない有生のほうが気になって仕方ないのだが、子狸が心配していないのであまり考えないようにしようと努めた。

上野東照宮は上野恩賜公園内にある神社だ。東照宮といえば徳川家康《とくがわいえやす》公を神様としてお祀《まつ》りする神社として有名で、日光東照宮は慶次も一度行ったことはあるが、東京にもあるとは知らなかった。

灯籠《とうろう》が並ぶ石畳の参道は神気が澄み渡り、もう花は散ってしまったが、桜の木が道脇を彩《いろど》っていた。桜の開花時期はきっと見事だっただろう。門をくぐり抜けると、左甚五郎《ひだりじんごろう》の龍の彫刻で有名な唐門《からもん》前で参拝している人がちらほらいた。

授与品を売っている建物など、最近建て替えたのかどこも綺麗で洗練されている。入場料を払って奥に入ると、いきなり子狸が一回転し、大狸になった。

『慶次殿、ささ、参りましょうぞ』

子狸は大狸になると口調も威厳もまるで変わる。大狸になった姿だと気安くしゃべれないので、慶次は大人しくついていった。子狼二体は初めて来た場所が珍しいらしく、あちこちうろうろしている。立派な大楠のご神木を眺めつつ、慶次は金色殿《こんじきでん》脇にある栄誉権現社《えいよごんげんしゃ》に辿り着いた。思ったより小さな社《やしろ》だ。子狸が言うほどではないのかもと思った慶次は、ぴたりと足を止めた。

「お、おお……っ？」

栄誉権現社の前で、慶次は後ずさりした。めちゃくちゃでかい狸がそこにいたからだ。紫色の衣を身にまとい、目を閉じて、手に何か持っている。蓮の花だろうか？　ともかくこの狸が山のような大きさだった。小さい社に入り切らず、でーんと座っている。

栄誉権現の説明だと、四国八百八狸《しこくはっぴゃくはちだぬき》の総師とある。

『ゴン様、お初にお目にかかりまする。私、千枚通《せんまいとお》しと申す者です。柳森神社を巣とし、これなる若者と世のため人のために微力ながら働いております。どうぞ、お見知りおきを』

大狸はすっと前に進み出て、山のように大きな狸――ゴン様の前に膝を突いて頭を垂れた。ゴン様は高い場所から片方の目を薄く開けて大狸を見下ろした。慶次も慌てて大狸の隣に膝を突いて、頭を下げた。

「よ、よろしくお願いします！　山科慶次と申します！　討魔師をやっております。この子狼は武蔵御嶽神社の子狼です！」

威厳あるゴン様に恐れをなして慶次が礼儀正しく挨拶すると、さすがにびびったのか子狼二体も慶次の陰に隠れて首を竦めた。

『……ふーむ』

重々しい声が響き、慶次はそっと上目遣いになった。ゴン様の両目がゆっくり開き、慶次たちを見下ろす。地鳴りがして、ゴン様がゆらりと立ち上がった。立つとさらにでかく、迫力が増した。何か粗相《そそう》をしただろうかと、慶次はごくりと唾を飲み込んだ。

『よいーっ!!』

突然高らかな声が響き渡り、ゴン様が空いている手で扇子《せんす》を取り出した。慶次が目をぱちくりさせると、ゴン様が扇子を広げ、踊り出す。

『よいなーっ、よいではないかーっ。それあっぱれ！』

先ほどまでの威厳はどこへやら、ゴン様は陽気な感じで踊っている。ついていけなくて慶次がぽかんとしていると、ゴン様が何かに気づいたように踊りを止めた。

『おお、おお、これでは大きすぎるな。ちと待っておれ』

ゴン様はそう言うなり、みるみるうちに身体を縮めた。二メートルくらいまでの大きさに縮めると、また陽気に踊り出す。紫色の衣がひらひら舞って、大変楽しげだ。

『そのほうらも、それ』

ゴン様に扇子で煽られ、大狸が立ち上がって踊り出す。つられたように元気な子狼も飛び跳ね、陰気な子狼も尻尾を揺らした。ゴン様が踊るたびに桃色の花びらが舞い、胸がうずうずした。自分の感情とは別に、無理やり明るい気持ちに引きずり込まれる。

『踊らぬのか？　ほれほれ』

ゴン様に手拍子をされて、慶次は気づいたらリズムに合わせて踊り出していた。ハッと気づくと、向こうのほうから人が来る。眷属が視えない一般人からすると、社の前で踊っている頭のおかしい人になってしまう。

「あ、あの、ゴン様！　すみません、俺はご勘弁を……っ」

人目を気にする慶次は、ぺこぺこと頭を下げて、踊るのを止めた。ゴン様は大狸や子狼と楽しげに舞いを披露している。何だか想像と違う。狸界のレジェンドは、底抜けに明るい大狸だった。

『はぁはぁ、ああいい踊りであった。そのほうら、イイね！』

ひとしきり踊りきると、ゴン様がどかっと社の屋根に座って親指を立てる。

『いえいえ、さすがでございます。ゴン様の踊りは底抜けに明るくしてくれますね』

大狸も晴れやかな顔であぐらを掻く。元気な子狼は恐れげもなくゴン様の背中によじ登り、きゃっきゃと笑っている。陰気な子狼も珍しくゴン様の足下でくつろぐ。

「あの……失礼ながら栄誉権現社の説明欄だと、奉献された大奥で暴れ追放された悪行狸とあるんですけど……今見るととてもそんな感じには見えませんが？」

気さくに話すゴン様と大狸の会話を聞きながら、慶次は質問した。そうなのだ。栄誉権現社の狸はあちこちで災いをもたらす怖い存在だったのだ。当時、災いを鎮《しず》めるために東照宮に寄贈されたのだが、その後はぴたりと収まり、逆に強運を授《さず》ける神様になったとされている。しかし目の前のゴン様は災いをもたらすような恐ろしい感じは微塵もない。

『それなーっ!!　わしね、姑息な奴とかずる賢い奴とか嫌いなんよ。そーゆーのはきっつい一発喰らわしてやったかんね。なんつーの？　若い頃の黒歴史って感じ？　武勇伝的な？　もーマジで大奥とか伏魔殿《ふくまでん》だったし！　みーんなドロドロしてたもんね。でもその中にも心の綺麗な者はおってのー』

ゴン様がワハハと笑いながら大きな腹を叩く。背中に乗っていた子狼と足下にいた子狼がその衝撃でぽんと飛び上がった。

『そうでしょうな。ぜひその辺の話をお聞かせ下さい』

大狸もその場に座り込み、慶次に手を差し出した。慶次はリュックの中に入れていた一升瓶を取り出し、大狸に手渡す。土産を持っていきたいというので、上野駅近くの店で日本酒を買っておいたのだ。

『よーし、わし語っちゃうぞー』

ゴン様はどこからか取り出した杯を大狸に差し出す。大狸は嬉々として、杯に日本酒を注いだ。その後は宴会になり、慶次は社の前に座り込んでゴン様の話を聞いた。不思議なことに話を聞いている間は参拝者が途絶《とだ》え、気を遣うことなく話に集中できた。

二時間近くゴン様の話を聞いた頃だろうか、大狸が酒でほんのり赤くなった顔で頭を下げた。

『大変楽しい時間をありがとうございます。ゴン様の話はためになることばかりで、私もいろいろ考えさせられました。今日はこの辺でお暇《いとま》しようと思いますが、また伺わせて下さい』

大狸が満足げな様子で言う。大狸に促され、慶次も丁寧にお辞儀した。話が面白すぎて二時間経っていたのに気づかなかったくらいだ。

「また遊びに来ます！」

慶次が快活に言うと、ゴン様が含み笑いする。

『よいのー。また遊びに来るがいい。いつでも大歓迎じゃ。狸の大集会の折には声をかけるでな』

ゴン様が腹を叩いて頷く。ゴン様の腹は太鼓みたいな音がする。

『そのほう、慶次と言ったか。まだまだ未熟ながら、きらりと光るものを持っておる。この先、へこむことがあったら腹踊りをするとよいぞ。わしのありがたーい助言、スマホに保存しておいて、明日見なさい』

ゴン様に言われ、慶次は素直にスマホにメモをした。へこんだら腹踊り……と打ち込む。

『狸おもしれーっ、狸愉快、愉快、愉快、腹出すぎ！』

元気なほうの子狼もゴン様が好きになったようだ。

『グフ……もっと大奥のドロドロ……聞きたい』

陰気な子狼もゴン様の話に興味は尽きぬらしい。

慶次たちはゴン様に挨拶をした後、遅ればせながら本殿に向かい、ここの神様にお参りをした。金色殿や唐門は豪勢な造りで、時の権力者を祀っているという感じがした。

すっきりした気持ちで上野東照宮を後にした。大狸は上野恩賜公園を出ると、くるりと一回転して子狸に戻る。

『ゴン様は噂通りの素晴らしいお方でありましたぁ。おいら胸がドキドキ……。ほうっ。おいらもいつかあんなすごい力のある眷属になれるかなぁ』

子狸はすっかりゴン様にメロメロで、ゴン様の話ばかりだ。

「すげー気さくな感じだったよな。ってか、狸って陽キャ多くない？　皆こんな感じなの？」

慶次は頭の上に乗った子狸に小声で聞いた。ゴン様といい子狸といい、とても親しみやすい性質を持っている。

『狸の眷属は基本的に温厚なのが多いのですぅ。だから争いごとには不向きなのであります。狐や狼みたいに憑きもの落としとかは苦手ですぅ』

子狸に説明され、なるほどと頷いた。上野駅から電車に乗り、マンションへ帰る途中、慶次は自分が鼻歌を歌っているのに気づいた。ゴン様の陽気なパワーに染められて、気分がウキウキしていたらしい。マンションに戻った時点で柊也のことを思い返し、愕然とした。

「そ、そうだ、俺、柊也のことで悩んでたんだった！」

恐るべし、ゴン様パワーで、悩みを忘れていた。部屋の中を見回したが、有生が帰ってきた様子はない。スマホを確認したが、既読にはなっているものの返事がない。慶次はどうしようかと頭を掻いた。明日は仕事があるので、慶次は和歌山のマンションに一度戻らなければならない。

「しょうがない、有生をおいて先に帰るか」

慶次はテーブルに『先に帰る』と書き置きを残して、赤坂のマンションを出た。自宅に帰ったら、柊也に声をかけるべきだろうか？　有生は柊也が眷属を傷つけたというが、どうしても慶次には納得できない。自分の前ではいい人の演技をしていたのだろうか？　本当は心根の悪い人間だったのだろうか？

（やっぱ直接聞きたい）

羽田《はねだ》空港へ行き空いている便を押さえると、慶次はひそかに決意を固めた。慶次の見ていた柊也がニセモノなのかどうか――自分の目で確かめるべきだと。


和歌山のマンションに戻った頃には、とっぷりと日が暮れていた。明日の仕事は如月と岸和田《きしわだ》にある廃寺の後始末だ。如月が途中で車に乗せてくれるというので、それほど早起きしなくてもいい。

自宅の電気をつけて、換気をして神棚を綺麗にした。子狼二体は、慶次のマンションを隅々までチェックして『せまっ』と同時に呟いた。

「あのなぁ、俺まだ二十一歳だし、ふつうこんなもんだぞ？」

子狼に駄目出しされてムッとしていると、子狸に『まぁまぁ。こいつら山暮らししか知りませんからぁ』と慰められた。

「ところで前回は兄貴のところに一体ずつ預けたんだけど……今回はどうしよう？」

荷ほどきをして落ち着くと、慶次は子狼たちを見つめて顎に手を当てた。子狼二体には、キッチンの棚に置いてあったお酒とまんじゅうを供える。子狼とはいえ眷属のはしくれなので、供え物は欠かせない。二体とも、まんじゅうと酒をせっせと口に運んでいる。

『うーん、まだそこまでにも至ってないので、もう少し育ててからにしたほうがいいと思いますう。前回も仕事のアシスタントをさせてから信長たんに預けてましたし』

子狸の言い分はもっともだったので、しばらくは二体を傍に置くことにした。ここでの生活についてあれこれ話していると、チャイムが鳴った。時刻は夜八時だ。こんな時間に誰だろうと、慶次は警戒しつつインターホンのモニターを覗いた。

どきりとして慶次は、一瞬息を止めた。

「柊也」

モニターに映っていたのは、柊也だった。白いシャツを着て、どこか不安そうな顔で立っている。一瞬どうしようか迷ったが、柊也には聞きたいことがあったので、ドアを開けることにした。

「慶次君。よかった、いたんだね。音がしたし、明かりがついてたから、帰ってきたかと思って」

柊也は慶次の顔を見てホッとしたように笑った。その視線が奥へと注がれ、警戒心を露《あらわ》にする。

「えっと、入る？　今、帰ってきたばかりで、お茶くらいしか出せないけど」

慶次が促すと、柊也はきょろきょろしつつ中へ入ってきた。ソファの置いてあるリビングまで入ってきた柊也は、安心したように胸を撫で下ろした。

「この前の人はいないんだね？　よかった」

柊也は有生がまだいるのではないかと不安だったらしい。そういえば柊也の前でキスされたのだと思い出し、慶次は赤くなった。

「あ、こ、この前は変なの見せちゃって……っ」

慶次があたふたすると、柊也は苦笑しつつソファに座った。

「うん……。あの、ね。慶次君。ちょっと聞きたいことがあるんだけど」

言いづらそうに柊也に切り出され、慶次はドキドキしながら熱いお茶を小さいテーブルに運んだ。

「俺も聞きたいことが……。先に、どうぞ」

柊也の隣に腰を下ろし、慶次は息を詰めて言った。柊也は思い切ったように顔を上げ、やおら慶次の手を握ってきた。

「慶次君って、男の人が好きなの？　この前の人……慶次君の彼氏、なの？」

思い詰めた表情で聞かれ、慶次はじっとりと汗を掻いた。真正面からこの件に関して問い質《ただ》されるとは思わず、無性に恥ずかしくなった。

「えーっと、まぁ、その、……うん。あ、でも別に男が好きっていうわけじゃないんだけど。いや、ふつうに女の子も好きだし」

慶次がぽっと顔を赤らめて頷くと、柊也の顔が一気に暗くなった。もしかして偏見を持っているのだろうかと慶次は鼓動が速まった。握られた柊也の手は白く、冷たい。

「そう……なんだ。それなら言うけど、あの人はやめたほうがいいと思う」

きりっとした表情で、柊也が前のめりになって言う。

「え？」

「従兄弟って言ってたけど、あの人……危険だと思う。慶次君みたいな明るい子に、あんな恐ろしい人は似合わないよ。騙《だま》されてるんじゃない？　お金とか貸してない？　甘い言葉を囁かれても、鵜《う》呑《の》みにしないほうがいいよ。目を見れば、分かるんだ。その人がどういう性質か。彼、絶対暴力とか平気で振るえる人だと思う。殴られたりしてないよね？　正直……、彼は……君には合わないと思う」

張り詰めた空気を漂わせて、柊也が言い募る。こんな夜遅くに柊也が来た理由が分かった。どうやら柊也は有生を見て、慶次から遠ざけなければいけないと使命感に駆られたようだ。

「い、いやー。そこまで悪い奴じゃないぞ？　お金なんか、貸してないし、第一あいつすげー金持ちだし、いつもおごってもらってるくらいだし！　あっ、もちろん暴力なんて一度もないぞっ」

有生を誤解されてはたまらないので、慶次は必死になって訴えた。だが、慶次が庇《かば》えば庇うほど、柊也は憐れむような眼差しになる。

「DVの被害者は皆、そうやって相手を庇うんだよ……」

ため息と共に呟かれ、柊也の中で有生は極悪人になっていると思い至った。もしかして知らぬ間に精神攻撃でもされたのだろうか？

「僕ね……ああいう輩《やから》は一目で分かるんだ。実は……言いたくなかったけど、僕の実家、裏稼業をやっていてね。いわゆる反社っていうのかな……」

柊也がつらそうにうつむいて声を絞り出す。反社というとヤクザのことだろうか？　慶次はびっくりして目を見開いた。こんなに真面目でいい人に見える柊也に、ヤクザの身内がいるというのか。

（ひょっとして、あの時難波で見かけた柊也っぽい人……柊也の兄弟!?）

明らかに夜の世界の人間と歩いていた柊也に似た人が兄弟だとすれば、つじつまは合う。今までの謎が解けた思いで、慶次は妙にすっきりした。自分の見ている柊也と、有生が疑う柊也の矛盾が解消された気持ちだった。

「こんな話をしたら慶次君に避けられるって分かってるけど、どうしても言わせて。小さい頃からそっち系の人を見てきたから、僕には一目で分かるんだ。君の彼氏はヤバい仕事をしてると思う」

柊也はきっぱりと断言する。慶次は顔を引き攣らせた。自分が有生と同じ仕事をしているとは、もはや言い出せない空気だ。

「僕ね、実家の家業が本当に嫌で嫌でたまらなくて、家から逃げてきたんだ。大学に通っている間はふつうの人間になりたくて、地元から離れた和歌山の大学を選んだ。こっちでは誰も僕のことを知らないから、ボランティア活動しても咎められることもない。本当はね、僕……身内があまりにひどいから、それを打ち消すためにも無理して奉仕活動をしているんだ。家族は誰も僕のことを理解してくれない。皆、人を騙すこととか、裏切ることばかりしている……」

柊也はそこまで一気に話すと、感極まったように目に涙を浮かべた。

「僕はせめてここでは善人でいたいんだ。せっかくできた大切な友達がひどい目に遭うのは見たくないんだよ」

涙目で柊也に見つめられ、慶次はどう言えばいいのかと口をパクパクさせた。これを演技というなら、柊也は賞をとれるレベルの役者に違いない。慶次にはとても嘘を言っているようには思えず、柊也の肩を優しく撫でた。

「あのさ、俺を心配してくれてるのは分かったよ。でも本当に有生はそんな悪い奴じゃないから。誤解されやすいだけなんだ。根はいい奴なんだよ」

真剣に慶次を案じる柊也に言い募ってみたが、ぜんぜん言葉が届いていないのが分かる。両親や兄に話す時と同じだ。有生の恐ろしい負の気は、人の心を固く閉ざさせる傾向がある。

「慶次君……。分かった、どうしても離れられないというんだね。その代わり、何かあったら、すぐに連絡してほしい。助けに行くから」

目尻の涙を拭って、柊也が悲しそうに微笑む。柊也の中で自分は彼氏の虐待を認めない子になっている。そうじゃないのにと内心呆れつつ、慶次は乾いた笑いを漏らした。有生が悪い人間ではないというのをどうやったら周囲の人に理解してもらえるのだろうか？

（実際、悪い人間ではないとも言い切れねーしな……。うう、せめてあの精神攻撃だけはやめさ

せないと)

有生の評価についてここ数カ月ずっと悩んでいる気がする。生まれ持った性質は変わらないというが、有生の醸し出す負の気はどうにもならないのだろうか?

「ごめんね、夜遅くにこんな話して。どうしても気になったからさ。そういえば慶次君も僕に話があるんでしょ?」

柊也は慶次の入れたお茶に口をつけて、思い出したように首をかしげた。自分を親身になって案じる柊也に、今さら疑惑をぶつける気にはなれなくて、慶次は言葉を濁した。

「ああ、うん……、いや、変なの見せちゃったから、それだけ」

慶次はマグカップを口に運び、ごまかした。眷属を傷つけてないかなど、とてもじゃないが聞ける雰囲気じゃない。

「……そういえば、また違う眷属がいるんだね」

柊也はドアの陰からこちらを覗いている子狼二体に気づき、小さく微笑んだ。

「あ、分かるのか? この前の二体と違うって」

慶次が驚いて聞き返すと、柊也は優しげな眼差しで子狼を見つめる。

「うん。見た目も違うし、ネガとポジみたいに性質も違うみたいだね」

さりげなく呟いた言葉に、慶次は舌を巻いた。柊也は子狼としゃべったわけでもないのに、二体の性質まで察している。もしかしたら慶次が思うよりずっと霊能力が強いのかもしれない。

「そろそろ帰るね。夜分にごめん。あと……慶次君さえよければ、これからも友達でいてほしい」

お茶を一杯飲み終えると、柊也はソファから立ち上がって言った。その瞳には不安そうな色が浮かんでいる。どうやらヤクザの家の人間と知り、慶次が離れるのではないかと思っているようだ。

「もちろんだよ。別に家がどうとか気にしないから」

慶次は玄関に向かう柊也に、明るく言い放った。柊也の顔がパッと明るくなり、突然抱きしめられた。びっくりして固まると、柊也がぎゅっとくっついてくる。ほのかにムスクの香りがして、焦った。

「そんなこと言われたら、慶次君のこと好きになっちゃうよ」

耳元でこそっと話しかけられ、慶次は動揺して後退した。柊也はすぐに身体を離し、明るい笑顔で靴を履く。

「おやすみ」

来た時とは違い、ほんのり頬を染めて柊也は去っていった。慶次はドキドキが止まらなくて、鍵をかけ、チェーンを閉めた後も部屋の中をうろついた。

「子狸、あれって社交辞令とか、友情とかだよな?」

有生や家族以外に抱きしめられた経験がないので、何だかやけに焦る。友達としての好きだと思うが……。

『うーむ。ドジっ子はご主人たまのキラキラに惹かれてるのでありますぅ。友情……よりも濃いラブ波動が出ておりましたぁ』

「うっそ！」

有生以外の男性に言い寄られた経験がない慶次としては、パニックになりそうな展開だ。ひょっとして自分には男を惹きつけるフェロモンでもあっただろうか？　魔性の魅力を持っていたとか？

『そういうものは一切ございませんですぅ。ご主人たま、調子に乗ると痛い目を見ますよぉ。ご主人たまはちょっと変わった人に好かれやすいだけですからぁ』

口に出していなかったのに、子狸は慶次の思考を読み取り、ばっさりと斬り捨てる。何となくムッとして子狸に背中を向けた。

（何か……話が変な方向にいってるなぁ。っていうか、今後有生と柊也を会わせるの危険かも）

有生と柊也が鉢合わせした姿を想像して、慶次はゾッとした。柊也の気持ちは有生には絶対言わないほうがいいだろう。独占欲の強い有生なら、すぐに引っ越せと言い出しかねない。

それにしても明るくいい人にしか見えない柊也が、ヤクザの家に生まれていたとは思いもよらなかった。人は見かけによらないというが、その通りだろう。きっといろいろ苦労してきたに違いない。

結局、何故柊也に憑けた眷属が攻撃されたのか分からずじまいだ。柊也ではなく、柊也の傍にもしかしたらそういうことができる者がいたのかもしれない。

考え込んでいると、スマホが鳴った。着信名に有生の名前があったので、すぐに出た。

『慶ちゃん、今家？』

有生の声は少し不機嫌そうだ。慶次はマグカップを洗いながら、「うん、家」と答えた。

「明日仕事があるから先帰ったぞ、ごめんな。そっちはどう？」

水音を響かせて慶次が言うと、有生の大きなため息がこぼれる。

『車の中。そっちに向かってるとこ。今から慶ちゃんち行くから、荷物まとめて。一時間くらいで着くから』

「ん？」

発言の内容が分からなくて、慶次は水を止めた。スマホを肩で支えながら、洗い物を終えてリビングに戻る。何故荷物をまとめるのだろう？　しかもこんな夜遅くに。

『やっぱ隣人やべー奴だった。そんなとこに住んでるの危険だから、慶ちゃんはしばらく俺の家に置く。はーホント、そのトラブル引き寄せ術やめてくんない？　っつーか、まさかと思うけど俺の弱み的な認識されてんのかな……？』

後半は独り言めいて呟かれ、慶次は目を丸くしてソファに座った。どうやら有生にも柊也の実家がヤクザだというのが分かったみたいだ。

「は？　しばらくお前んちって……。困るよ、明日仕事だし。現場、岸和田だもん。ここのが近いじゃん」

有生が心配してくれる気持ちはありがたいが、明日の仕事もある。今から高知に連れていかれたら、明日の仕事に差し障りがあるではないか。

「柊也のことは俺もさっき知ったけど、別に何かされてるわけじゃねーしさ。むしろ柊也にお前とつき合うと危険って言われたくらいだぞ」

『はぁ!? さっき知ったって、いつの間にまた会ったの？ 慶ちゃん、その危機意識のなさどうにかして。マジで頭いかれてんじゃない？ 隣人が危険って分かったのに、のほほんとよく会話してるね。馬鹿なの？』

「危機意識って……柊也は悪い奴じゃないって。そりゃあ家は悪いかもしんないけど」

頭ごなしに馬鹿にされ、慶次はムカッときて言い返した。

『あー最悪。こっちが心配して車飛ばしてるってのに、その態度何？ 何でもいいけど、そこは引き払え。目ぇつけられてんだから、少しは自警しろ』

有生の声はどんどん不機嫌になっていく。命令口調で言われ、慶次も腹が立ってきた。

「うるさいな！ 俺の家なんだからお前が決めんなよ！ もう来なくていいから！」

言い合いを続けていくうちに頭に血が上り、気づいたらスマホを切っていた。即座に電話が鳴ったが、ムカムカしてしょうがなかったので電源を落とした。

「くっそー、有生の奴！ もっと言い方あるだろ！」

苛立ちを隠し切れずに部屋中を乱暴な足取りで歩いていると、子狸が咳払いする。

『ご主人たまー。ここは集合住宅ですので、そのようにドカドカ歩いていると階下に響くのでありますぅ。下の階の人からムッとした念が届きましたぁ』

子狸に指摘され、慶次はハッとして足を止めた。実家にいる頃は家族ばかりだったから問題はなかったが、確かに今は見知らぬ人が下に住んでいるのだ。配慮が足りなかった。

「うう……。謝りに行ったほうがいいか？」

慶次が落ち込んでしゃがみ込むと、子狸がぽんと肩に手を置く。

『すぐにやんだので、下の人はスルーするみたいですぅ。でもあんまり続くと管理会社から電話が来ますので。下の人はわりと短気な人みたいでありますね』

「そっか……。はぁ、有生マジで来んのかな。喧嘩になりそうだけど」

ソファに座り直し、慶次は天を仰いだ。一時間くらいで着くと言っていたが、有生のことだから本気で慶次を車で拉致するかもしれない。いや、ひょっとして柊也の家に殴り込みに行くかも。

「あー、どうしたら……っ」

頭を抱えていると、隣からドアの開閉音が聞こえてきた。すでに夜十時を回っているというのに、柊也はどこかへ出かけるようだ。気になって慶次はドアに駆け寄り、そっと外の様子を窺った。

柊也の後ろ姿がエレベーターに向かうのが見えた。その後ろ姿に、慶次はどきりとした。いつもの爽やかな服装と違い、黒地に龍の絵柄が入った派手なシャツに黒いズボン、じゃらじゃらとした鎖を腰につけている。髪型も先ほど会った時と違い、後ろに撫でつけていて、まるであの時難波で見た男のようだ。

（え、どういうこと？）

エレベーターに乗り込んだ男は、柊也そっくりだった。慶次は動揺して一度家に戻ると、財布をポケットに突っ込んで家を飛び出した。柊也の家には柊也以外誰もいないはずだ。一時間くらい前に慶次と話していた時も、人が来ていた様子はない。だから今の人物は、柊也本人というのが当然の帰結だが——。

慶次はエレベーターに乗り込み、柊也らしき人物を追った。幸い、マンションを出た先に柊也らしき男が歩いていた。駅に向かっているのだろう。その後を追って分かったが、煙草を吸って歩いている。柊也は成人しているし煙草を吸っていても問題ないが、慶次が知る限り煙草を吸っているところを見たことはない。

（柊也？　柊也じゃない？　ええい、声かけてみるか）

先を歩く男が何者なのか知りたくて、慶次は思い切って駆け寄った。柊也らしき人物の前に回り込んで「柊也、こんな時間にどこへ行くんだ？」と声をかけてみた。

「……」

慶次に引き留められ、柊也らしき人物が目を丸くして見返してくる。その目が薄く細められ、じろじろと慶次を眺めてきた。顔はそっくりだが、表情があまりにも違いすぎる。ふだんの優しげな雰囲気は消え、冷たい眼差しとにこりともしない唇が煙草を銜えている。

「何だ、お前……。ああ！　お前、慶次か」

不審げにじろりと見ていた柊也らしき男は、ようやく気づいたように唇の端を吊り上げた。やはり柊也なのか――と思ったのも束の間、いきなり背中をばしばし叩かれた。

「わりぃ、わりぃ。こっちの姿でお前と会うの初めてだったから気づくのに時間かかった。へー、マジで面白そうなの持ってるじゃん。何これ」

柊也は慶次の足下にいた二体の子狼に気づき、屈み込んで両手でむんずと掴む。陰気なほうの子狼が『ぴぎゃーっ』と悲鳴を上げ、元気なほうの子狼が『離せェえええ』と暴れた。慶次は困惑して子狼を奪い返そうとした。明らかに柊也の態度がおかしい。

「おっと、なーこれ可愛いからくれよ。俺ぇ、可愛いのに目がねーの。仕込んでやっからさ」

子狼を慶次の手から遠ざけ、柊也がおかしそうに笑う。

「しゅ、柊也？　どうしたんだ？　何か、おかしいぞ、お前」

慶次はひたすら戸惑い、柊也を睨みつけた。まるで別人みたいな柊也にどう接していいか分からない。そもそもこっちの姿とはどういう意味だ？

「あはは。すっげおもしれー顔してる。俺は柊也だよ。お前のオトモダチ」

子狼を抱えながら柊也が走り出す。慌てて慶次も追いかけたが、運動能力が低いはずの柊也に追いつけない。

「待ってくれよ！　ホントに柊也なのか!?　そいつら返してくれよ！」

十時を過ぎているとはいえ、和歌山市駅の前は大きな駅ビルがあり、人通りはある。駅前の道を追いかけっこしていると、人目を引いた。柊也は悪ふざけするみたいに、駅前のバス停前にあるベンチに土足で飛び乗った。

「お前、柊也じゃないだろ！　柊也はこんなことしないぞ！」

右手と左手で子狼をぶんぶん振り回して遊んでいる柊也に、慶次は苛立ちを覚えて怒鳴った。絶対におかしい。ひょっとして柊也には双子の兄弟がいるのではないか？

「ひゃはは、オトモダチには、別の一面があるなんて、フツーだろ？　なぁ、こいつら返してほしかったら、そこでマッパになって。ストリップしてみてよ」

ベンチに乗ったまま、柊也がニヤニヤして両手で子狼の首を摑む。子狼は首を締められて、苦しそうに暴れる。

「やめろ！　お前、何言ってんだ！」

電車が到着したからか、バス停前に人が集まってくる。柊也と慶次が言い争っているのを、帰宅途中の人たちがちらちら見ている。こんな場所で裸になれとは、正気の沙汰とは思えない。

「全裸になったら返してやっからさぁ」

柊也は子狼の首を締めたまま、けらけら笑っている。無性に腹が立って、慶次は柊也の腰を摑み、引きずり下ろそうとした。

「うっわ、あぶね」

眷属が見えない一般人は、ベンチの上で若者が馬鹿騒ぎをしていると勘違いしたらしい。どこからか警察を呼べという声がして、慶次は焦りを覚えた。柊也の手から子狼を奪い取ろうと必死に絡みつく。

「子狸！　子狼を取り戻してくれ！」

柊也の服を思いっ切り引っ張って、慶次は子狸に助けを求めた。すると子狸が一回転して、大狸に変化する。

『承知しました』

大狸は派手な音を立てて柊也に張り手を喰らわそうとした。とっさに柊也がそれを避けようと、左手を離した。同時に摑まれていた元気なほうの子狼が手から滑り落ち、地面に転がっていく。

「おっと、けっこう攻撃的」

柊也は大狸の張り手を腕で止め、代わりに右手で首を摑んでいた子狼を慶次たちに見せつけた。

「どけよ、マジで殺すぞ？」

握った手に力を込めて、柊也が物騒な気を放つ。陰気な子狼の顔がみるみるうちに真っ白になり、苦しそうに喘ぐ。慶次は真っ青になって、柊也から手を離した。本当に子狼が殺されてしまうかもしれないと思ったのだ。柊也と向かい合った大狸もこの場は不利と動きを止める。

「はー。お前ら熱くなりすぎ。こんなちいせぇの、殺すの簡単なのにさ」

慶次と大狸が動かなくなったのを見やり、柊也は肩を竦めてベンチから下りた。子狼をどうするつもりだと思った矢先、柊也が笑いながら子狼を放り投げてくる。慶次は急いで子狼を受け止めた。ぐったりしているが、子狼は生きている。

「返してやるって。ちょっと遊んだだけだし」

馬鹿にした笑いを浮かべ、柊也が背中を向ける。遊んだだけという言葉に、慶次は無性に怒りを覚えた。子狼は死にそうなのに、それをした本人は笑っている。

「遊んだだけとか……ふざけるな！」

猛烈な怒りを抑え切れずに、慶次は柊也の肩を摑み強引に振り向かせると、後先考えずにその左頰を殴りつけた。柊也がよろめいて顔を背ける。拳は柊也の頰にまっすぐに入った。人を殴った感触に慶次はハッとして、柊也から距離を置いた。

(俺、今……っ)

子どもの頃に喧嘩をしたことはあるが、大人になってから本気で人を殴ったのは初めてだった。拳がじんじんと痛くて、冷や汗が流れる。何故か殴った慶次のほうが震えていた。

「あーいってぇ」

柊也は頰を押さえていた手を離し、挑発するように慶次を見つめてきた。柊也の頰が殴られて腫《は》れ上がっている。暴力の証《あかし》に、慶次はびくりとした。

「お前、討魔師じゃなかったっけ？　暴力振るうんだ。へぇー」

殴られた柊也は蛇みたいに目を細め、にやりとした。

（俺が討魔師だって、知って、る……？）

慶次は動揺して、胸の辺りをぎゅっと握った。柊也には討魔師の話は一度もしていない。

（何で……？　いや、それよりも、俺……）

衝動的に暴力を振るった自分に、今さらながら羞恥を覚えた。衝動的に人を殴るなんてしてはいけなかった。柊也が理解できなくて混乱していたとしても、他に方法があったはずだ。

「お前は柊也じゃないのか……？　何者なんだ、お前」

慶次の知っている柊也は、絶対に子狼を傷つける人間じゃない。別人であってほしいと願い、慶次はヘラヘラ笑う男に視線を注いだ。

「俺は柊也だよ。井伊《いい》柊也――」

柊也が名乗り、慶次はびっくりして「えっ」と声を上げた。井伊ということは――。

「根本《ねもと》柊也って名乗ってたか？　それは母方の名字だ。井伊家と離れたくて、こんな辺鄙《へんぴ》な場所に逃れて名前を変えて――馬鹿だよなぁ。もう一人の俺が全部情報流してるのにさ」

柊也は薄笑いを浮かべ、ポケットに手を突っ込んだ。

「そ、それって……」

慶次は以前ドラマで見たことのある病気について思い出していた。二重人格、あるいは多重人格──。同じ人間でありながら、別の顔を持つ病気だ。

「お察しの通り、俺は柊也の別の顔だ。あいつ、気持ちわりーくらい、いい人ぶってるだろ？　いい人目指してんだぜ、ウケる。井伊家に生まれて、小さい頃から悪の英才教育っての？　そーゆーのが嫌で嫌で死のうとしたんだわ。その時、俺が生まれてね。俺が井伊家の仕事を請け負ってる」

柊也がそう言ったとたん、背後からおどろおどろしい妖魔が現れた。大狸が慶次と子狼を抱えて、柊也から遠ざかる。

「馬鹿だよねー。お前の家の隣に越してきたのも偶然じゃないってのに、あいつはたまたま隣にいい人がいて友達になれたと思ってる。あ、お前の家の隣に越してきたのは、もちろんオトモダチになりたいからだよっ」

柊也はわざとらしく可愛い声を出して、腹を抱えて笑う。

「お前の彼氏、やっぱこっちに欲しいんだよね。あ、でも涼真《りょうま》みたいに無理に何かする気はねーから安心しろ。俺は長期計画でお前の彼氏ゲットするからさ。そのためにはお前も必要みたいだから、お前も込みでゆっくりオトモダチになろーねっ」

ポケットから煙草を取り出して、柊也がジッポで火をつける。柊也が何を言っているのかよく分からなかった。有生を井伊家に引き入れたいのだろうか？　そのために慶次に近づいた？

「じゃあな。俺は夜遊びに行くから。昼間の柊也は俺のこと知らないから言っても無駄だよ。しつこく言うと、壊れちゃうかもな。まぁそれはそれで楽しそう」

煙草の煙を吐き出して、柊也が駅に向かって歩き出す。

「お、おい！」

思わず引き留めてしまった慶次に、柊也が振り返ってにこりとした。

「慶次君、またね」

昼間の柊也のような天使の笑顔を見せて、笑いながら去っていく。慶次はもう何も言えなくて、その場に立ち尽くした。

（柊也が多重人格……？　有生を狙っている……？）

新たな脅威に呆然として、慶次は弱った子狼を抱きしめた。

■5　慶次の決意は固いのです

家に戻り、慶次はソファでぼーっとしていた。気持ちが暗く、沈んでいた。まるで鉛を飲み込んだようだ。柊也を殴った感触がどうしても消えず、苛立ちと悲しみが延々と続いている。柊也が井伊家の人間だったこともショックだが、それ以上に、井伊家がまだ有生を諦めていないことも胸を苦しめた。

柊也の豹変ぶりに気持ちが追いつけず、弱った子狼も元気を取り戻さない。子狼二体を家に運んで寝かせているが、二体ともずっとうずくまって動かない。途方に暮れて二体をただ見守っていた。このままの状態が続くなら、武蔵御嶽神社に急いで戻って、子狼を元気にしてもらわなければならない。せっかく預かった子狼をこんな目に遭わせてしまって申し訳ない気持ちでいっぱいだ。

(今日の俺……本当にダメダメだ……)

弱った子狼を見ているだけで泣きそうになり、慶次は拳を握った。思い切り人を殴ったせいで、手の甲がすりむけている。

「慶ちゃん！」

鍵を開ける音がして我に返ると、血相を変えた有生が目の前に立っていて慶次は腰を浮かせた。

そういえば有生が来ると言っていたのだ。すっかり忘れていた。

「慶ちゃん、いたのか。あーマジでびっくりした。部屋真っ暗じゃん。拉致でもされたのかと思った」

有生は天を仰いで、持っていたバッグを放り投げる。言われてみると部屋の電気もつけずにいた。帰ってきた際に、つけ忘れていたのだ。

「有生……有生ぃ」

有生の顔を見て緊張が緩んだのか、慶次はどっと涙が出てきた。自分でもびっくりした。先ほどまで暗い気分から立ち直れなかったのに、有生の顔が、まるで救世主に見えたのだ。

「な、何？」

いきなり泣き出した慶次に、有生が声を上擦らせる。有生の珍しいびっくり顔に、慶次はつい抱きついた。大きな胸に顔を埋め、えぐえぐと泣き出すと、有生がおっかなびっくり髪を撫でる。

「慶ちゃん、どうしたの？　慶ちゃんがこんな泣くなんて何があった？　マジで聞くのこえーんだけど。俺もブチ切れるような展開でもあった？　ああもう泣かないで」

有生は泣きじゃくる慶次を優しく抱きしめ、背中を撫でる。有生の匂いを嗅いで、ひどく安心してしまい、慶次は涙を拭った。

「眷属はいるね？　よし、それなら大丈夫」

有生は大狸がいるのを確認して、慶次をソファに座らせた。以前慶次が子狸とさよならしたと勘違いした時も泣いていたので、また同じことになったのかと勘ぐったらしい。

「慶ちゃんに怪我はなし。着衣の乱れもなし。よし、それなら最悪俺がブチ切れるような展開じゃねーな。慶ちゃん、何で泣いてんの？　怒って電話切ったから、会ったら喧嘩が始まると思ってたのに」

慶次の身体を確認して、有生が目を見て問いかける。慶次は涙を拭い、床に寝かせている子狼を指さした。

「子狼が元気がないんだ。どうしよう？　お酒とかあげてみたけど、飲んでくれない」

柊也に首を絞められた二体は、まだぐったりしている。特に陰気な子狼のほうは目も開けない。眷属が弱るのを見るのは初めてで、慶次はどうしていいか途方に暮れていた。

「は？　何こいつら。何でこんな穢《けが》れてんの？」

有生はソファから下りて、二体の子狼をひょいと手に取り、頭上を見上げた。

「白狐、こいつら浄化してやって」

虚空《こくう》に向かって有生が言うと、りんという涼やかな音と共に白狐の気配がした。部屋中が神気にあふれ、コーンという声が響き渡る。金色に光る粒が空から降ってきて、子狼二体に降り注ぐ。するると子狼二体の目がゆっくり開き、尻尾まで気力が漲《みなぎ》るのが分かった。

『うおおおお！　元気百倍、千倍、万倍、一億万倍！』

元気な子狼は全身の毛を逆立てて、部屋中をぐるぐる走り回る。

『あううう……、息ができる……僕生き返った……』

陰気な子狼もぶるりと全身を震わせ、しゃきーんと立ち上がった。二体の子狼が元気を取り戻し、強力な穢れを受けていたのが分かった。

「有生、うう、有生ーっ、ありがとうーっ」

嬉しいやらホッとしたやらで、慶次は号泣して有生の背中に抱きついた。有生は困惑した様子で立ち上がり、わんわん泣いている慶次にハンカチを差し出す。

「何なの？　ちゃんと説明してくれる？」

有生に引っ張られ、慶次はソファに座り直してハンカチで目元を拭った。途方に暮れるばかりだった慶次と違い、有生はやはりすごい。子狼の不調の原因を一発で見抜いた。どうして自分は気づかなかったのだろう。こんなに馬鹿な人間に子狼を預けたことを、武蔵御嶽神社の神様に知られたら後悔されるかもしれない。

「俺……本当に駄目で……俺のせいで……」

泣きじゃくりながら慶次が言うと、背中を撫でていた有生の手が止まった。

「ちょっと待った。白狐、慶ちゃんも癒やして」

目を擦って鬱々《うつうつ》と落ち込んでいた慶次を見やり、有生が鋭い声を出す。とたんに頭上からきらきらした光の粒が降ってきて、慶次の身体に浸透してきた。浄化の力を感じ、慶次は自然と顔を上げた。いつの間にか子狸が前にいて、一緒に浄化のパワーを浴びている。

『ふー。おいらもけっこう穢れにやられてたみたいですぅ。あの柊也という男、若いわりにものすごい穢れの力があるもよう。はー染み渡るぅ』

子狸は尻尾についた黒い汚れをごしごしと擦り、全身を浄化させている。言われてみて初めて自分も穢れを受けていたと気づいた。暗い思想に陥っていたのは、知らぬ間に柊也から穢れを受けていたせいだった。

「有生、マジでありがとう」

いつもの自分を取り戻し、慶次は横に座っているだけじゃもどかしくて、有生の膝に乗った。有生と向かい合って跨《また》がる格好で抱きつく。隙間もないほど密着すると、胸がじんわり熱くなってきた。

（あー俺、有生がいてよかった……。有生といると安心する）

暗く沈んだ気持ちが浮上していくのに気づき、慶次は気づいたら有生の唇に唇を重ねていた。もっと有生とくっつきたくて、何度もキスをする。

「どうしたの、慶ちゃん……。めちゃ甘えるじゃん……」

有生はまんざらでもないのか、照れくさそうに慶次を抱きかかえて髪をかき乱す。深く唇が重なり合い、吐息が肌に触れた。今さらだが、こんなに頼れる恋人がいて本当に幸せだと感じた。

「このままエッチしたいとこだけど、何があった？　一から説明して」

目を見て真剣な声で言われ、慶次は有生との電話の後に起きた出来事をすべて語った。柊也が多重人格者だったこと、子狼を危険な目に遭わせてしまったこと、柊也が井伊家の人間だと知ったこと――。

「は？　井伊家の人間と分かってなかったの？　電話で何か通じてたじゃん。どういうこと？」

有生は今頃柊也の正体を理解したと知り、呆れている。

「あいつんち、ヤクザだと思ってたんだよぉ」

大いなる勘違いについて話すと、有生はため息と共に慶次の肩に顔を埋めてきた。

「ヤクザ……はぁ。慶ちゃん、慶ちゃんの斜め上の思考回路嫌いじゃないけど。俺がヤクザごときをやべー奴とか言うと思う？　ヤクザとかどうでもいいし、どうにでもなるし。俺がやべー奴っていうの井伊家くらいしかねーだろ」

詰《なじ》るように有生に言われたが、お互い主語をはっきり言わなかったのも原因の一つだと思う。

「そもそもヤクザだとしても、こんな夜にのこのこついていくとか、頭悪すぎ。何かあったらどうしてたわけ？　話聞いてると、単に見逃してもらっただけじゃん」

慶次の両頰を手で挟み、有生がすごい形相で迫ってくる。

「柊也……っていうか、井伊家はお前を諦めてないんだって……。それもショックだし、俺、久しぶりに人を殴っちゃった……。何で衝動的に殴ったんだろ？　すげー後悔してる」

慶次は有生にもたれかかり、ぐちゃぐちゃだった自分の心を打ち明けた。いろんなものが重なって、自分の心は張り詰めた糸みたいだった。有生の顔を見て、それがぷちんと弾け、涙になったのだ。

『ご主人たまは知らぬ間に穢れを受けていたのでありますぅ。暴力を振るった時点で、ご主人たまとあいつは同じレベルに陥ったのでありますぅ』

浄化された子狸が、ソファの背に飛び乗って説明する。子狼にあんなひどい真似をする柊也と自分が同じレベルと言われ、慶次は悔しくてたまらなかった。だが、子狸の言う通りだ。暴力に暴力で対抗したって、同じ穴の狢《むじな》だ。

『でもそれがあのドジっ子……もといキレっ子の手なので、しょうがないのですぅ。正直、あのキレっ子はご主人たまの何倍も修羅場をくぐってきた猛者《もさ》なので、現時点では歯が立ちませぇん。今回はご主人たまの身体に怪我はないと分かっていたので止めませんでしたが、ご主人たまに危険が及びそうな時はお止めしますのでぇ』

子狸に申し訳なさそうに言われ、慶次はどんよりとした。柊也の裏の顔は、慶次には太刀打ちできない闇を感じた。人を傷つけることを何とも思わない性格もそうだが、何よりもそれを心から愉しんでいるように見えたのが理解不能だった。

「俺もどっかで見覚えあった気がしたけど、実際会って分かんなかったしね。昼間会った時のそいつ、一般人にしか見えなかった。特に悪いものも憑いてなかったし。何だろ、闇堕ちスイッチみたいなもんでもあんの？」

有生の目にもふだんの柊也は善人に見えたらしい。慶次は改めて柊也の二面性にゾッとした。裏の顔があれほど凶悪なのは、ふだんの柊也が善人すぎることと関係しているのだろうか。もしかしたら悪い面を抑圧されすぎた結果かもしれない。

「井伊柊也は井伊家の当主の息子。確か三男だったかな。俺が調べた時はまだ未成年だったような……。あまり表立って活動してなかったから、情報抜けてた。昨日、あいつに憑けてた眷属が何頭かヤられたから、ちょっと調べてて遅くなった。もうちょい早く着いてれば、本性のほうと対面できたのに」

つまらなそうに有生は言うが、慶次は裏の顔を見せる柊也と有生が会わなくてよかったと心から思っていた。有生は慶次を守るために、何をしでかすか分からない。それは柊也に対しても発揮されるだろう。だが、慶次はこれ以上有生に井伊家とかかわってほしくない。

「俺、しばらくここを離れるよ」

慶次は有生の胸にもたれ、小さく呟いた。

「え……。どした？　慶ちゃん。妙に聞き分けよくてキモいんだけど。確かにすぐ引っ越そうと言おうとしたけれども」

不気味そうに有生に言われ、慶次はその背中に腕を回した。

「有生を引き抜くために俺を利用するって言われたから……。そんなの、絶対嫌だし」

慶次が張り詰めた空気を漂わせて言うと、ふっと有生が笑った。

「何ソレ。へー。ふーん。ほー」

何故か有生がニヤニヤしながら慶次のこめかみにキスをする。どこか浮かれている有生が気に入らず、慶次はむくれて頬をつねった。

「馬鹿にしてんのかよ」

「いや別に。慶ちゃんなりに俺を守ろうとしてんのかと思って」

頬をつねった手を大きな手で包み込まれて、有生が手のひらにキスをする。有生は慶次のすりむけた手の甲に舌を這わせた。傷口にぴりっとした痛みが起きて、慶次は身じろいだ。

「慶ちゃん、馬鹿だね。人を殴ってしょげてんの？」

唇の端を吊り上げ、有生が囁く。図星だったので、慶次は目を伏せた。穢れを受けたせいかもしれないが、自分には暴力に訴えてしまう悪い面があると自覚した。討魔師として未熟だ。

「どうせ俺はまだまだだよ……。未熟者ですが、何か？」

頬を膨らませて慶次が言い返すと、有生が着ていた服を脱がし始める。

「人を殴っても、落ち込まないし、穢れも受けない方法教えよっか？」

上半身が剝き出しにされ、外気が肌に触れる。慶次は目を見開いて頰を紅潮させた。

「そんな方法あるのか!?　教えてくれ！」

気鬱を患った一つの理由が、他人に暴力を振るったことだ。逃れられる方法があるなら、知りたい。そういえば有生は他人にけっこうひどい真似をしているのに、浄化が必要な状況になっていない。何か秘策があるのか。

「罪悪感を持たない」

きっぱりと有生に言われ、慶次はあんぐりと口を開けた。

「後ろめたさとか俺、ぜんぜんねーし。何で慶ちゃんがそんな自己嫌悪に陥ってんのか分かんね。むしろすっきりしたら？」

平然と有生に言われ、慶次はがっくりとうなだれた。有生の方法は、慶次には無理だと悟った。たとえ相手がどんなひどい人間だろうと、暴力を振るったら自分の気持ちは萎《な》える。殴られたほうの痛みを考え、落ち込んでしまう。

『ご主人たまはそれでいいのですぅ。有生たまのような鬼畜スイッチがないのが、ご主人たまの魅力ですからぁ。それにそんな人間になったら、きっと有生たまはご主人たまへの気持ちが薄れるのでありますぅ』

子狸が慰めるように言い募る。

「は？　俺、慶ちゃんの真面目なとこキモいと思ってるけど？　別に俺、品行方正キャラとか好きじゃねーし」

『口ではそう言いつつ、有生たまはご主人たまの熱血で真面目なとこ、好きでありますよぉ。くぷぷ。自覚なしでありますね』

「ちげーって」

有生と子狸が言い合うのを眺め、慶次は苦笑した。有生のやり方は無理だろうが、自分はこの感情に折り合いをつけなければならないと思った。罰したいと思った相手に暴力を振るうことは、まるで自分が神の立場にでもなったようなものだ。あれは正義の鉄拳ではない。あの時、慶次は自分の怒りをただ柊也にぶつけただけだった。自分がすっきりしたいだけなのだ。それは利己的と言えるのではないか。

「子狸はそいつら連れて、どっか行ってて。慶ちゃんの気が散ったら困るから」

有生の腕が背中に回り、深いキスが与えられる。子狸は素直に子狼二体を引き連れて、すっとどこかへ消えた。有生はじっと慶次の目を見つめて、優しく唇を吸ってくる。

「ねぇ、慶ちゃん」

上半身がいつの間にか裸になっていて、有生の手が乳首を撫でる。唇を食《は》まれながら乳首を指で弄《いじ》られ、慶次はぴくんと身を竦めた。じわじわと熱が浸透していく。有生の指先で乳首を引っ張られ、息が詰まる。

「何……？」

吐息混じりに慶次が聞き返すと、有生が小さく笑って、空いた手で耳朶《じだ》をくすぐる。

「心配しなくても、俺は強いし平気。慶ちゃんが傍にいる限り、悪いことは起きないから」

有生の声は甘く優しく、慶次の心をほぐした。有生には慶次の心配なんてお見通しかもしれない。有生を守りたいし、自分が足を引っ張る真似もしたくない。

「うん……」

潤んだ目をして有生に頷くと、口内に舌が差し込まれた。有生は慶次のうなじを押さえ、いやらしい動きで舌を動かす。上顎を舐められ、ぞくぞくとした感覚が背筋を伝った。濡れた音を立てながら乳首を弄られ、慶次はびくりと腰を揺らした。有生の腰に跨がっているので、ささいな動きもすぐに伝わってしまう。

「ん……、んん……」

舌と舌が絡み合い、唇を吸われたり、耳朶を撫でられたりする。キスの合間にあちこちを弄られ、身体はとっくに熱くなっていた。両方の乳首がピンと尖り、身体の奥が疼《うず》きだす。有生とするキスは心地よく、頭の芯まで蕩《とろ》ける。

唇を離すと、唾液が糸になって繋がった。息が乱れて、頬が紅潮する。

「キス……気持ちいーね……」

慶次の上唇を食んで、有生が囁く。

「うん……、うん……」

慶次もたまらない気持ちになって、有生の唇を吸い返した。はぁはぁと息を喘がせ、長い間、キスをした。

「慶ちゃん、布団敷く？　それともここでやる？」

口の中をさんざんかき回した後、有生が尋ねた。慶次は息を乱して、有生の首に腕を回した。

「ソファ汚したくないから……。布団、敷く」

乱れた息遣いで慶次は濡れた口元を拭った。分かったと言って有生が慶次を抱きかかえたままソファから立ち上がった。びっくりして有生にしがみつくと、有生は隣の部屋に行って慶次を床に下ろした。

「マットだけでいい？」

有生はクローゼットからマットレスを取り出し、手早く敷いた。慶次は窮屈になったズボンを脱ぎ、下着も横に畳んでおく。自分の性器はとっくに勃起していて、気恥ずかしい。

「ローションどこだっけ」

有生がシャツを脱ぎながらローションを探し始めたので、慶次はその間にシーツを取り出して敷いた。有生が棚からローションを持ってくる。

「……あいつら、覗いてないよな？」

布団に寝転がされ、尻のはざまにローションを垂らされ、慶次は気になって後方を振り返った。今のところ子狼の気配はない。

「別にいいじゃん。見られたって。愛の営み……でしょ？」

ずぼっと尻の穴に指を入れて、有生が笑う。

「うっ。そうだけど……、それとこれとは違うんだって。恥ずいだろ」

ぬめりを伴って入ってきた指は、慣れた手つきで内部を広げていく。有生はローションを足しながら、尻の穴へ入れた指を出し入れする。すぐに入れたいのか、有生は穴を広げるような動きで内壁を辿る。尻を突き出すような形にされ、指で押し広げられる。

「う……っ、う」

有生が臀部《でんぶ》に甘く歯を立てる。尻の穴を両方の指で広げながら、尻を噛まれ、慶次は無性に恥ずかしくて身悶えた。

「なぁ……そこ、あんまじっくり見ないで」

尻の穴に有生の吐息がかかり、慶次はシーツに顔を埋めて呟いた。後ろを開くのは仕方ないとしても、有生にあらぬ場所を見られるのは耐えられない。

「何で。慶ちゃんの穴、ピンクで綺麗だよ」

さらりと言われ、慶次は後ろ足で有生を蹴りつけた。そんなことは聞いていない。自分すら見たことのない場所を有生に見られるなんて、羞恥プレイだ。

「怒ることないじゃん。こんだけやってるのに締まりもいいし、感度もいいし、慶ちゃん名器なんじゃゃ？」

有生が入れた指で前立腺を押し上げてくる。それまで拡張する動きだけだったのに、いきなり感じる場所を探られて、慶次はびくりと腰を揺らした。有生の指はくちゅくちゅという音をさせて、慶次の奥を開いていく。

「ん……っ、名器って何だよぅ……」

意味が分からなくて慶次が腰を振ると、有生が上から伸し掛かってきた。尻の穴を弄りながら、うなじや肩口を強く吸ってくる。痛いくらい吸われ、肌に赤い痕が残っていく。理性が薄れてきたのか、慶次に狸の耳が出てくる。

「耳出てきたね。今日の慶ちゃん可愛いから、すぐ入れたい。入れてもいい？」

有生に耳朶を噛みつつ聞かれ、慶次は耳まで赤くなった。何度も可愛いと言われるが、男の自分が可愛いという意味が分からない。有生の言っている言葉の理解は、多分半分程度だ。

「ん……、いい」

慶次も早く繋がりたくて、赤くなった顔で頷いた。有生は一度慶次の尻の穴から指を引き抜くと、手早くズボンを脱いだ。有生の性器も勃起していて、何となく安心した。裸になった有生が後ろから入れようとしたので、慶次は急いで身体を反転した。

「顔見てしたい……」

慶次が寝転がった状態で有生を見上げて言うと、「うっ」と有生が顔を手で覆った。

「何か今日サービスすげーじゃん。俺がときめくしおらしげな慶ちゃんになってる」

興奮した様子でキスの雨を降らせてきて、有生が失礼な発言をした。

「フン、どうせふだんの俺はキモいんだろ」

ムッとして起き上がろうとすると、慌てたように有生が布団に押し倒してくる。

「ふだんはふだんで、悪くないよ。しゅんとすると俺のボルテージが上がるだけ。慶ちゃん、入れるよ」

慶次が逃げる前に繋がろうとしてか、やや強引に両脚を持ち上げられる。尻の穴に勃起した性器を宛がわれ、慶次は息を詰めた。ゆっくりと、だが確実に有生の性器が押し入ってくる。指でほぐしたとはいえ、まだそこは狭く、有生の性器を押し戻すように拒んだ。有生が大きく息を吐き、ぐっと腰を入れてくる。

「あ、あ……っ、う……っ」

ずぶずぶと奥まで有生の性器が入ってきて、慶次は無意識のうちに脚で有生の腰を挟んだ。有生は屈み込んできて、慶次の乳首を摘《つま》む。身体の奥を串刺しにされる圧迫感で、激しく呼吸が乱れる。

「慶ちゃん、息吸って」

乳首をクリクリ弄りつつ促され、慶次は息を吸った。その呼吸に合わせて有生の性器がさらに奥まで入ってくる。

「ひ、ぁ……っ」

太くて長くて硬いモノが、身体の奥を占めている。中に有生がいるだけで息が荒くなり、慶次は目尻に涙を溜めて有生を見上げた。

「は……っ、ひ……っ、あ……っ」

慶次が呼吸を繰り返して身じろぐと、有生の手が背中に回った。まだ呼吸も整わないうちから、有生に上半身を持ち上げられる。

「ひ、ああ、あ……っ、……っ」

座位の状態で繋がる格好になり、慶次は息を荒らげて有生の首にしがみついた。自分の体重で、有生の性器を深い部分まで呑み込む。強引に身体の奥に性器を埋め込まれ、息が荒くなるのを止められない。

「はー、気持ちいー……。慶ちゃん、大丈夫？」

慶次を抱きしめながら、有生があぐらを掻く。その動きにさえ慶次は「うあっ」と声をかすれさせた。まだ苦しくて、繋がった場所が馴染《なじ》んでいない。全身が敏感になって、有生が戯《たわむ》れに乳首を刺激すると、身体がビクビク跳ねる。勃起した性器の先端からはとっくに先走りの汁が垂れていて、みっともないくらいだ。

「もうちょっと……、あ……っ、待って……っ」

慶次は有生にしがみついたまま、声をひっくり返らせた。了解、と言って有生が慶次の首筋に舌を這わす。首筋から這い上がってきた舌が、耳に差し込まれる。妙にゾクゾクして、慶次は身を竦めた。

「ん……、ふっ、は……っ、ぁ」

有生は慶次の耳朶をしゃぶり、淫らな音を鼓膜に響かせる。空いた手で乳首を摘まれ、慶次は甘い声を上げた。頬が上気し、有生の愛撫に身体の反応が強くなる。大きな手で胸を撫で回され、慶次は気持ちよくて有生の肩を甘噛みした。

「うー……っ、あっ、あっ、あっ」

きゅっと強めに乳首を摘まれ、慶次は無意識のうちに内部に銜え込んだ有生の性器を締めつけた。

「もう動いて……、イきたい……」

乳首や耳朶ばかり愛撫されて、慶次は疼きが抑え切れなくなり、また中を締めつけた。有生は慶次の唇に唇を深く重ね、腰を抱きかかえる。

「いいの……？　じゃあ、動くよ」

慶次の望み通りに有生が腰を揺さぶりだし、ひっきりなしに甲高い声が漏れた。最初は優しく揺さぶってきたが、すぐに下から突き上げるような動きに変わっていく。何度も開かれた身体は、すぐに有生の性器と馴染んで気持ちよさを与えてくる。

「は……っ、あ……っ、あ……っ、はひ……っ」

腰を小刻みに動かされ、慶次は有生の首にしがみついて喘いだ。唇が離れ、有生が慶次の腰を抱きかかえたまま、再びシーツに押し倒してくる。正常位の格好になり、有生が慶次の両脚を胸に押しつけて腰を穿《うが》ってくる。

「あ、ああ……っ、ひゃあ……っ、あ……っ」

濡れた音を響かせて、有生が徐々に律動を速める。激しく奥を突かれて、慶次はシーツに頭をこすりつけた。

「うー、すぐ出るかも……、はぁ……っ、はぁ……っ」

有生は慶次の脚を押さえつけ、奥の感じる場所を性器で突く。慶次も感度が高まっていたが、有生もそれは同じで、内部で大きくなるのが分かる。

「ゆうせ……っ、イく、イっちゃ、う……っ」

何度も激しく奥を突き上げられ、慶次は身悶えて息を吐き出した。慣れた身体は深い奥を突かれて、何度も快楽の波を浴びている。つま先がピンと伸び、快楽を貪るように息が荒くなった。耐えがたい快楽の波に襲われ、慶次は気づいたら性器の先端から白濁した液体を噴き出した。

「ひ……っ、は……っ、はぁ……っ」

絶頂に至りながら、内部の有生の性器をきつく締めつけると、有生がくぐもった声を出して屈み込んできた。

「あー……っ、出る、う……っ」

有生は慶次の奥をずんと突くと、深い場所に精液を注いできた。じわっとしたものが奥に広がっていくのを感じ、慶次はひくひくと腰を震わせた。

「はぁ……っ、はぁ……っ、はぁ……っ」

互いの息遣いは獣みたいで、今にも倒れそうだ。胸を上下させ、呼吸を整えながら、事後の余韻に浸った。慶次は愛しさが込み上げて、有生を抱きしめた。

「有生……、チューして……」

ねだるように見つめると、有生の顔が大きく歪み、貪るように口づけをされた。まだ息が荒くて深いキスは苦しいのに、有生は慶次の髪をかき乱して、唇を吸ってくる。

「あ……っ」

激しくキスをされている間に、達したはずの有生の性器が再び硬くなり、奥をごりごりと突いてくる。慶次は収まったはずの快楽をほじくり返され、ひくりと腰を揺らした。

「今日の慶ちゃん、すごい可愛い……。結局、俺、ギャップに弱いのかな……。はぁ、淫乱になりそうでならない絶妙なラインが慶ちゃんの魅力かも」

ぶつぶつ呟きながら有生は大きくなった性器を一旦抜いた。身体の奥から楔《くさび》が外れて慶次がシーツにぐったりとすると、有生が背中に覆い被さってくる。

「今日は入れっぱなしにする……？　長く入れてると、慶ちゃんぐずぐずになるでしょ？」

まだ弛んでいる奥に性器を押し込みながら、有生が耳元で囁く。入れっぱなしにする？　と言われ、無意識のうちに想像してしまい、慶次は全身を赤く火照《ほて》らせた。ずっと入れたままでいたら、どうなってしまうのだろう？　有生とのセックスは時々気持ちよすぎて、怖くなる時がある。信じられないくらい声が出てしまうし、身体のコントロールを失って、快楽のことしか考えられなくなる。鼓動が速まり、身体が切ない疼きを覚えた。有生との性交は、愛情を伴う分、際限が

ない。

「あ、ひ、は……っ、や……っ」

再びずぶずぶと硬い熱が身体の奥に入ってきて、慶次は息を詰めた。奥はすっかり有生の性器に馴染み、嬌声《きょうせい》がこぼれる。

「は……っ、ひ、あ……っ、はぁ……っ、やだ、奥、変……っ」

有生の性器を受け入れた内部は、無意識のうちに収縮している。入れやすいように片方の脚を折り曲げられ、有生がずんと奥を突く。

「ひあ……っ、ああ……っ！」

生理的な涙が滲《にじ》むくらい感じてしまって、慶次はシーツを乱しながら悶えた。有生は小刻みに腰を律動し、前に回した手で乳首を執拗に弾く。

「あーすげー、中、きゅんきゅんしてる……。慶ちゃん、気持ちぃーね……」

背中から抱き込み、有生が腰を揺らす。奥をトントンと突かれ、有生のほうに身体をのけ反らせた。

「気持ちい……っ、あ……っ、またイく……っ、イ……っ」

一度中で出されたせいか、有生が腰を突くたび濡れた音が耳を刺激した。奥を突かれながら乳首を引っ張ってぐりぐりされると、甘ったるい声がひっきりなしに出る。全身が敏感になって、有生が動くたびにドロドロになって溶けていく。

「ほら、こっちも忘れないで」

有生が奥を突き上げると同時に、下腹を押さえてくる。ぐーっと手のひらで下腹部を押され、慶次は「やあぁ……っ！」と悲鳴じみた嬌声を上げた。

「ここも気持ちいいって身体に教え込まなきゃね。そのうちお腹触ってるだけでイけるようになるかもよ……？」

有生の手がぐりぐりと腹を押す。そんな馬鹿なと思うけれど、下っ腹を刺激されるだけで感度がどんどん上がっていく。

「ほら。俺、今動いてないのに気持ちいいでしょ……？」

耳朶に唇を押しつけ、有生が腹を押しながら囁く。まるでその言葉に導かれたみたいに、快感が迫り上がってきた。腹の上から小刻みに指を動かされ、慶次はびくびくっと身体を跳ね上げた。

「やだ、や……っ、あ……っ、こんなの、や……っ」

お腹を押されているだけなのに気持ちよくなる自分が恥ずかしくて、慶次は泣きながら首を振った。痙攣《けいれん》が止まらない。このままじゃ、お腹を押されて達しそうだった。

「お腹押されるだけでイきそうになるなんて、恥ずかしいの……？　泣いてる慶ちゃん、すごく可愛い……」

小さく笑って有生が、奥を突き上げる。その衝撃に慶次は「あー……っ!!」と甲高い声を上げて四肢を張り詰めさせた。射精はしなかったが、まるで達したみたいな深い感度があり、呼吸が荒々しくなる。

「メスイキした……？　慶ちゃん、イきやすくなったよね？　あー可愛い。中からも外からも刺激してあげる……」

声も出せずにひくひくしている慶次に、有生は興奮した様子で腰を穿ちながら腹を押してきた。何をされても気持ちよくて、慶次は頭が真っ白になったまま、あられもない声を上げ続けた。絶え間なく続く快楽に翻弄され、慶次はひたすら喘ぎ声を出すしかなかった。

何度も身体を重ね、疲れて眠りについた慶次は、朝の光で目を覚ました。

狭い布団に全裸のまま有生と重なって寝ていた。昨夜は喘ぎすぎて咽《のど》が痛くて、慶次はだるい身体を無理やり起こして浴室へ行った。

頭からシャワーを浴び、身体中についた汚れを洗い流す。身体のあちこちに鬱血《うっけつ》した痕があり、昨夜の情交の激しさを物語っていた。昨夜は慶次も有生を求めていて、強烈な睡魔に襲われるまでセックスに耽《ふけ》っていた。

(柊也……戻ってるのかな)

昨日の出来事を思い返し、少しだけ暗い気分が戻ってきた。有生のおかげで最悪の事態は免《まぬか》れたが、この先も同じことが起きないとは限らない。子狼を預かると決めた時は、柊也のような危険分子がいるとは思っていなかった。

浴室を出ると、慶次はドライヤーで髪を乾かし、Tシャツとズボンを身につけた。

有生がまだ布団で寝ているのを確認して、そっとドアを開け、外に出る。

——柊也と話がしたかった。自分の中で納得し切れないものを、柊也に問うことで解消したかったのだ。

慶次は意を決して隣家のチャイムを鳴らした。少しの間があって、インターホンから『はい』という柊也の声がする。

「慶次君?」

すぐにドアが開き、白いシャツにカーキのズボンを穿いた柊也が出てくる。思えばいつも柊也は白いシャツを着ていた。柊也は白を着ることで闇から逃れたかったのだろうか。柊也の左頰にはわずかに腫れた痕があり、自分の行為を思い出させた。

「柊也、ちょっと話がしたい。いいかな」

慶次が思い詰めた面持ちで切り出すと、柊也は戸惑った様子でサンダルを履いて出てきた。慶次は柊也を伴って、マンションを出た。マンションの近くにある公園に柊也を誘い、ベンチに座らせる。

「柊也……昨日の夜のこと、覚えてるか? 駅で俺と言い争ったこと……」

苦しい気持ちを押し殺して、慶次は隣に座った柊也に切り出した。柊也はぽかんとして、首をかしげる。

「駅……？　ごめん、何の話か分からない。昨日は学校も休みだったし、駅には行っていないはずだけど」

柊也は困惑したように言う。その表情のどこをとっても、嘘を言っているようには見えない。本当に柊也は多重人格なのだと思い知って、慶次は悲しくなった。そうなるまでの柊也の心の葛藤を想像した。井伊家の人間は、子どものうちから残酷な真似をさせて人を陥れるのが当たり前の人間を作り出す。目の前にいる柊也はやはりいい人そうで、本来の性質がこうなら、井伊家で育つのは苦しかったに違いない。

「柊也……お前、井伊家の人間だったんだな」

慶次が苦しげに言うと、柊也の顔色がサッと変わった。柊也は一旦腰を浮かしかけ、慶次の表情を見て諦めたように肩を落とした。

「僕が井伊家の人間だってことは……、慶次君は、弐式家の関係者、なのかな……？」

悲痛な面持ちで問われ、慶次は小さく頷いた。その様子だと、昼間の柊也は本当に偶然ここに引っ越してきたと思っている。夜の柊也がわざと慶次の家の隣に引っ越したと知らないのだ。

「そうか……。眷属がいたけど、小さかったから無関係だと思ってた。君は、討魔師、なのかな……？」

確かめるように柊也に見つめられ、慶次は子狸を呼びつけた。子狸は無言で一回転して、大狸に変化する。大狸を見て柊也も討魔師だと分かったのだろう。両手で顔を覆って、うつむいた。

「……せっかく仲良くなれそうだと思ったのに……」

震える声で柊也が呟き、慶次は胸を打たれて思わず柊也に手を伸ばしかけた。だがすんでのところでそれを止め、ぐっと唇を噛みしめる。

「僕……君に何かした？」

柊也は口元を手で押さえ、すがるような眼差しで慶次を見てきた。その瞳には怯えがあり、身体はわずかに揺れている。

「覚えてないんだな、本当に……」

柊也の態度は憐れなほどで、慶次は追い詰めるような言葉を口にできなかった。

「時々……、見覚えのない服や私物が部屋の中にあるんだ。覚えのない痣《あざ》や、傷……。いつも見ないようにしてきたけど……。それにね、僕……いつも新しい友達ができても、すぐに避けられるようになる。最初は仲良くしてた子も、僕を見て怯えるようになるんだ……」

かすれた声で告白する柊也は、慶次にとって手を差し伸べたい友達だった。昨夜の柊也は、昼間の柊也は何も知らないと言っていたけれど、薄々気づいている。自分の中にもう一人の自分がいることを。

本当は柊也を助けたい。ただの友達だったら、どれほどよかっただろう。だが柊也は井伊家の人間で、柊也とかかわりを持つのは、周囲に被害を及ぼすことになる。

「柊也、お前のほっぺたが腫れてるの、俺のせいだ。ごめん」

慶次は大きく頭を下げて、柊也に謝った。こうして柊也を前にすると、昨夜殴ったのは間違いだったと深く反省した。暴力で解決しようなんて、自分には無理な芸当だった。

「慶次君……」

左頬に手を当て、柊也が苦笑する。

「いいんだよ。きっと君がそうしてしまうようなことを僕がしたんだろう。井伊家から逃れたくてここに来たのに、隣人の君が弐式家の討魔師だったってことは、きっとこれは画策されたものなんだろうね。ごめん……」

ひどくつらそうに柊也が呟いた時だ。サッと柊也の顔色が変わり、慶次の後ろのほうを見て腰を浮かす。有生が来たのだろうかと思って振り向いたが、そこにいたのは見知らぬ青年だった。

「柊也、そいつと何してる？」

声をかけてきたのは、二十代半ばくらいの男性だった。目つきの鋭い金髪の男で、慶次にも分かるくらい危険な妖魔を背後に忍ばせていた。

「兄さん……っ」

柊也は動揺したようにベンチから離れ、慶次を庇うように前に進み出た。

『慶次殿、そいつから離れて下さい』

大狸が身構えて言ったので、慶次は慌てて見知らぬ男から距離を取った。柊也が兄と呼ぶということは、井伊家の息子だろう。金髪の男は冷ややかな眼差しで慶次を見やり、傍に寄ってきた柊也の腕を摑んだ。

「はぁ、本当に昼間のお前は使い物にならねーな」

面倒そうに言うなり、金髪の男が柊也の頰を殴りつけた。柊也は悲鳴を上げて、地面に倒れ込む。突然の暴力に慶次は息を吞み、「柊也！」と叫んだ。助けるために駆け寄ろうとしたが、大狸に止められる。

「そいつとオトモダチになる計画は中止だ。家に戻れ」

金髪の男は地面にうずくまる柊也にそっけない声を投げる。金髪の男に腹が立ち、慶次は拳を握って睨みつけた。井伊家の人間の悪質さに、反吐《へど》が出る。無抵抗の弟を殴るなんて、ありえない。

「狸の眷属か……。それくらいなら、俺一人で何とかなるか。おい、お前。大人しくしてろよ」

金髪の男はそう言うなり、ポケットからナイフを取り出した。刃物の光に慶次は恐怖を感じて後ずさった。

「兄さん！　慶次君に何をするつもりだよ！　やめてくれ！」

うずくまっていた柊也が、金髪の男の足にしがみついて、必死で止める。まさかと思うが、こんな白昼堂々、慶次を攫《さら》うつもりなのだろうか。

「ちっ、お前も手伝えよ。はー。一度眠らねーと、本性出ねーんだよな、面倒くせ」

邪魔をする柊也に焦れたように、金髪の男が柊也の髪を鷲摑《わしづか》みにする。逃げなければと慶次は焦って後退した。その身体が何かにぶつかる。

「慶ちゃん、修羅場中？」

振り返った慶次は、そこにあくびをしている有生を見つけ、頬を上気させた。

「有生！」

「あーねみー。出かけるなら出かけるって言ってくんない？　狐に荒っぽい起こし方されたじゃん」

有生はこの緊迫した空気を意にも介さず、あくびを連発している。まだ早朝なので、寝ぼけているのだろう。

有生の出現に、金髪の男は目を眇め、ナイフをポケットにしまった。油断なく有生を見る目には、どす黒いものが浮かんでいる。

「うわー。井伊家のご子息様たちじゃないですかー。こんな朝っぱらからごくろー様。もしかして慶ちゃんに何かしようとしたのかな？」

ようやくあくびを収めて、有生が不敵な笑みで慶次の前に立つ。とたんに金髪の男は、顔を歪めて後退した。ポケットに収めたナイフを再び取り出し、ギラついた目でこちらを睨みつける。

「答えろよ。お前ら、何しようとした？」

低い声で有生が告げ、圧迫感を伴って金髪の男と転がっている柊也を見据える。有生の後ろにいた慶次も、有生の圧力に耐えられず、鳥肌を立てた。ふだんでさえ負のオーラを放つ有生が怒ると、とんでもない空気ができあがる。

「……はっ。噂通りで笑えるな。弐式家の狐ってお前のことだろ」

金髪の男は唇を歪ませ、ふてぶてしい態度で有生を睨み返してきた。有生の圧に耐えられるのは、さすがとしか言い様がない。おそらく精神攻撃を受けているのだろうが、身構えた体勢を崩してもいない。

「うちの直純がお前らのせいでおかしくなったんだ。あいつが改心するなんて、ありえねーのにな。親父がお前ら邪魔だってさ。どうにかしてこっちに引き込めって言うけど、引き込む必要あんの？　すでにお前、こっち側じゃん」

冷や汗を垂らしつつ、金髪の男は有生を見据える。こっち側と言われ、慶次はムカッとして有生の背中にへばりついた。

「有生はそっち側なんかじゃねーし！　お前らと一緒にすんな！」

有生の背中に隠れながら慶次が怒鳴ると、金髪の男が目を丸くする。

「何だ、お前。新人討魔師だろ。正直、相手にもならねーレベル。でもお前がそいつの弱みなら、利用しないとな」

煽るように金髪の男が言い、慶次はどきりとして有生の衣服を摑んだ。自分は有生の足を引っ張る存在になっているのか――。

「は？　やめてくれる？　慶ちゃんはヒロインタイプじゃねーのよ。勘違いするでしょ。慶ちゃんは俺の弱みじゃなくて、強み。慶ちゃんがいるから、俺はまともでいられんの」

不安に駆られた慶次に、有生のよく通る声が響いた。

弱みじゃなくて強み――。そう言われたとたん、暗かった視界が、ぱーっと明るくなった。自分は存在していいんだと有生に言われた思いだったのだ。

「そうだよなっ！　俺って、お前の強みだよな！」

意を得たりと慶次が高らかに言うと、有生が苦笑する。

「ほら、どっちみち勘違いしてんじゃん。あーめんどくせーから、お前らもあの若殿みたいに、おかしくしてやろーかな」

有生が笑いながら白狐を呼び出した。辺り一帯の淀んだ空気が一掃され、頭上に鈴の音を響かせて白狐が現れた。その光に金髪の男はハッとしたようにナイフを落とし、柊也の襟ぐりを摑んだ。

「こいつら、癒やしてやって」

有生が白狐に告げると、光の筋が金髪の男と柊也に向かっていく。それはほんのわずか彼らに降り注いだが、慌てたように距離を取る二人から逸れてしまった。

「とっとと逃げるぞ」

金髪の男は柊也を引きずりながら、舌打ちして背中を向ける。白狐の癒やしを拒否するなんてもったいない。慶次は引きずられる柊也に、強い視線を向けた。

「慶次君……ごめん……」

消え入りそうな声で柊也が呟くのが聞こえてきた。柊也は申し訳なさそうな顔でこちらを見ていたが、金髪の男に連れていかれてしまった。白狐の癒やしを受けたら、柊也の二面性は一つになるのだろうか？

『慶次殿、そう簡単には参りませぬ。彼《か》の者を救うのは、とても大変な仕事です』

大狸が慶次に寄り添って言う。大狸がそう言うなら、柊也を救うのは簡単ではないのだろう。だが、いつか機会があれば、柊也を助けたいと慶次は願った。昼間の柊也は、慶次が憧れるくらい素晴らしい人間だからだ。

「あーあ。行っちゃった。慶ちゃん、何で一人で行ったの？　俺、起こせよ」

金髪の男と柊也が消えると、有生が頭を掻いて慶次の肩に腕を乗せた。よく見ると有生は慶次のシャツをだらしなく羽織っている。サイズが違うので、きつそうだ。

「昼間の柊也は平気だと思ったんだよ。……結局、俺。お前の弱みかも。あいつらお前のこと諦めてねーし、俺に何かあったら、お前も……」

一度は上向いた心だが、やはり自分は有生の弱点かもしれないと慶次は悲しくなった。自分がいることで有生はよくもなり、悪くもなる。間違っても井伊家の人質になるような状況には陥りたくなくて、慶次は今後の身の振り方について真剣に考えた。

「だから一緒に暮らそうよ。俺の家の近くには狐を配置してるから、怪しい奴が近づいたらすぐ分かるしさ。慶ちゃん、今度こそ頷いてくれるでしょ？」

マンションに戻りつつ、有生が慶次の髪をぐしゃぐしゃと乱してくる。有生はまだシャワーを浴びていないのか、密着すると淫らな匂いがした。

「それは……。あっ、そうだ」

慶次はふと思い出して、スマホを確認した。スマホのメモに、栄誉権現のゴン様からのメッセージが残っている。今日、読めと言われたのは、このことを察知していたからかもしれない。へこむことがあったら腹踊りをするとよい——ゴン様のメッセージが心に響いて、慶次はじんと目を潤ませた。

「こういう時は腹踊りだっ」

慶次がやけくそになって腹踊りをすると、大狸も一緒になって道端で腹踊りを披露してくれる。

「慶ちゃんがおかしくなった」

腹踊りをする慶次と大狸を見て、有生が青ざめて離れていく。有生は怯えているが、腹踊りをしているうちに暗かった気分は一掃された。通行人に奇異な目で見られたが、構わない。

「有生、俺は……お前のためにがんばるよ！」

慶次は決意も新たに宣言した。有生の目が大きく見開かれる。

「そんで、いつか……力を蓄《たくわ》えたら、柊也のことも助けたい」

続けて発した言葉に、有生の目が細くなった。明らかに後半の言葉は聞きたくなかったようだ。有生は嫌悪するだろうが、慶次としては柊也と知り合ったことを後悔したくなかった。人と人の縁が大いなる力のもとに働いているなら、柊也と出会ったことには、何か意味があるに違いない。

今の慶次には無理だが、いつか柊也の人格を統合した状態にしたいと願った。あのままでは柊也は永遠に救われない。裏の顔も表の顔も自分だと受け入れなければ、柊也は暗闇に囚われたままだ。

「はぁ？　あいつとかどうでもよくね？　あーやだやだ。また慶ちゃんの偽善者スイッチが入った。井伊家の息子だよ？　それ、井伊家に喧嘩売ってるようなもんじゃん」

慶次の大いなる宣言に、有生は不満を露にした。

「違う！　俺は友達を助けたいだけだっ」

井伊家に喧嘩を売ると言われると大事《おおごと》になるので、慶次は付け足しておいた。

「慶ちゃんのキモいとこはそういうとこだよ？　それより、帰って飯食って、またエッチしようよ」

有生はあくまで反対の立場らしく、話を逸らされた。

「何言ってるんだよ。今日、俺仕事だし。如月さんがもうすぐ迎えに来るから」

慶次は時計を確認して、足を速めた。有生とまったりしている暇はない。慶次は仕事をたくさんこなし、もっと強い討魔師にならなければならない。

「マジかよ。慶ちゃん一人にできねーし、俺もついてくわ。仕事終わったら、引っ越しの準備しなきゃね」

慶次の手を握り、有生が仕方なさそうに言う。勝手に話を進められて、慶次としては二の句が継げない。井伊家に目をつけられた以上、引っ越しはやむなしと思っているが、今すぐとは思わなかった。

「とりあえず、赤坂と高知、どっちがいい？」

当然のごとく問われ、慶次は答えられずに自宅へ向かって歩き出した。

あとがき

こんにちは&はじめまして。夜光花です。

眷愛隷属シリーズも七冊目になりました。前回一緒に暮らそうと言っていましたが、まだ暮らせておりません。そんな簡単にいくはずがなく、二人にはいろいろ問題が残っているようです。

今回は子狼が出てきました。最初はこの巻だけのつもりだったのですが、キャラが立っていたのでもう少し居座ります。笠井先生の描く子狼も可愛くて、本当に人物を描くのが上手い方は動物(?)も上手いですね。

子狸は一応一人前になったのですが、子狸の姿になると未熟だった頃に性格が戻るようです。狸の眷属は何となくおちゃめなキャラにしてしまいますね。

今回は井伊家の子が出てきたり、兄弟対決があったりと書いてて大変楽しかったです。シリーズも長くなり、キャラも増えて、細かい設定忘れがちで困りものです。どこまで続くか分かりませんが、まだまだ続けたいのでよろしくお願いします。

イラストを担当して下さった笠井あゆみ先生。もはやこのシリーズは笠井先生の絵なくしては語れないので、今回も描いていただけて嬉しいです。まだ表紙しか拝見できておりませんが、相変わらず有生はかっこよく慶次は可愛く、子狸と眷属たちの愛らしさに惚れ惚れです。いつもありがとうございます。出来上がりが楽しみです！

担当さま、毎回楽しく執筆させていただき感謝しております。次もよろしくお願いします。

読んでくれる皆さま、感想や応援ありがとうございます。このシリーズは皆さまから愛されているなぁとしみじみ感じております。温かい目で見守ってくれると嬉しいです。

ではでは。次の本で出会えることを願って。

夜光花

◆初出一覧◆
狐の弱みは俺でした －眷愛隷属《けんあいれいぞく》－　／書き下ろし

ビーボーイノベルズをお買い上げいただきありがとうございます。
この本を読んでのご意見・ご感想をお待ちしております。

〒162-0825 東京都新宿区神楽坂6-46
ローベル神楽坂ビル4F
株式会社リブレ内 編集部

アンケート受付中
リブレ公式サイト　https://libre-inc.co.jp
TOPページの「アンケート」からお入りください。

BBN
B●BOY NOVELS

狐の弱みは俺でした －眷《けん》愛《あい》隷《れい》属《ぞく》－

2022年10月20日 第1刷発行

著　者――夜光 花

発行者――太田歳子
発行所――株式会社リブレ
〒162-0825
東京都新宿区神楽坂6-46ローベル神楽坂ビル
営業　電話03(3235)7405　FAX 03(3235)0342
編集　電話03(3235)0317
印刷所――株式会社光邦

定価はカバーに明記してあります。
乱丁・落丁本はおとりかえいたします。

この書籍の用紙は全て日本製紙株式会社の製品を使用しております。

Printed in Japan
ISBN978-4-7997-5965-3